# 菩薩低眉

郭艷媚 著

# 目錄

# 靈魂有重量

畢飛宇

我在浸會大學做駐校作家期間，過幾天就會去上一次課。浸會大學的老師再三關照，課堂的內容要「具體」。這話我懂的。除了不抽煙，我的課堂其實與我在客廳裏說閒話也差不多。這有一個好處，我說的都是掏心窩子的話，我不玩玄的。終於有一天，下課了，有一個女生把我叫住了，她要了我的郵箱。

回到住處，打開電腦，作品果然就發過來了。對年輕人我可不敷衍，當即回了，好像是批評了幾句。沒過幾天，作品又來了，我似乎又批評了幾句。終於有一天，這個女生把我攔在了教學樓的過廊裏，沒頭沒腦地對我說了一句狠刀刀的話——

我就是喜歡寫，我就是要當作家。

這個女孩子就是郭艷媚。我當即就記住了她。我估計我這輩子都不會忘記她。我笑笑，告訴她——

其實呢，寫作也沒那麼容易。也不知道她聽明白了沒有。

事實上，這麼多年來，我和郭艷媚始終有聯繫。這個香港長大的年輕人似乎也不太瞭解大陸的禮節。每次收到她的郵件，通常是這樣的：畢老師，我寫了一個短篇，在附件；畢老師，我又寫了一個短篇，在附件。

我都看了。但我沒有鼓勵她。道理很簡單，我一直覺得鼓勵年輕人寫小說是一件不厚道的事，鼓勵香港的年輕人寫小說尤其不厚道。我想我對香港還是瞭解一些的，在香港，生活並不容易。一個香港人想以寫作為生，他的代價要高昂得多。僅僅從這個意義上說，小說家董啟章堪稱偉大。換了我，我完不成那樣多的大部頭寫作。

但是，郭艷媚給我發來了〈母牛〉。一口氣讀完，我給她回了一句話：「這一篇很有樣子（大意）。」很顯然，郭艷媚受到了鼓舞，沒幾天，她又發來了〈菩薩低眉〉。這是我不願意看到的。可我必須承認，郭艷媚的寫作已經走在了一條開闊的道路上了。

這裏首先要回答一個問題，郭艷媚的小說到底來自哪裏？在北京，有一個詞，叫「胡同」；在上海，也有一個詞，叫「里弄」。郭艷媚的小說正來自香港的「里弄」與「胡同」。那個香港和我們所「看到的」、「讀到的」與「理解的」香港完全不同。在我看來，那裏也許正是「真正的」香港，或者說，是香港最基礎、最普通的那個部分。借用南帆教授的一個概念，郭艷媚的寫作是香港的「底層寫作」，在浮華背後，她為我們打開了香港的另一扇窗、另一扇門。

幽暗。這是郭艷媚的基調。那裏有我們「視覺不及」的混亂與骯髒。郭艷媚沒有嫌棄它們，相反，郭艷媚看到了幽暗世界的深邃和廣闊。——它們不在銅鑼灣。換一個說法，郭艷媚的筆下充斥着幽暗的倒楣蛋，那是被陽光、月亮、寬敞和命運所遺棄的人們。那裏的地面是潮濕的，那裏的空氣是污濁的，那裏的面部表情伴隨着皺紋與苦楚，那裏的人不敢回望自身的歷史，它們不堪。

我喜歡郭艷媚筆下所呈現出來的重量，那是靈魂的重量。在世俗與宗教之間，郭艷媚筆下的靈魂通常失據。讀郭艷媚很考驗我們的肺活量——在閱讀郭艷媚的過程中，我通常是屏息的，曲終人散，我才能痛痛快快的吸上一口嶄新的空氣。

有一句話我該不該說呢？我相信郭艷媚的寫作前景光明。如果她願意，她選擇了一意孤行，她有可能成為香港新一代作家的代表性人物。她可以成為女性版的、縮小版的董啟章。但是，老實說，我不願意為這句話承擔責任。在香港做一個小說家，實在是太難、太難了。作為一個長者，我只想對郭艷媚說一句話：你可要想好了。

我還要問郭艷媚一個問題，你真的準備好了麼？

當然，有一句話我同樣要送給郭艷媚，我是這麼告訴自己的，我當然可以這樣告訴郭艷媚：

我沒有效忠文學，如果我愛、我能，我就寫；如果有一天，生活壓得我喘不過氣來，我不想寫了，那我就隨時撒手。

在南京是這樣，在香港就更應該這樣。

二〇一七年九月二十四日於南京龍江

# 陰冷世界見明亮

陶然

一些人期許郭艷媚小姐的小說，其實我涉獵不多，不敢輕易斷言。翻完這本集子後，我覺得郭艷媚的確有她的強項，比如觀察力強，想像力豐富，文字也可人；看來適宜在這方面發展。

曾經驚異於她筆下的世界，大多是有缺陷的人生，那是普通人難於理解的世界。後來才明白，她是報刊記者，採訪過各式不一樣的人生，那些她筆下的種種不完美的故事，並非憑空產生的。當然是小說，並非事實照錄，而是經過吸收、歸納、變形、提煉、誇張而寫出來的。在這一切過程中，想像力非常重要，沒有想像的推動，她那支筆就無力乘着翅膀漫天飛翔。當然，光有想像力還是有欠缺，平時生活的積累，觀察能力的培養，組織概括的本領，也很重要。令人開心的是，郭艷媚在這方面也有不俗的表現。這只要看她在小說中表現出來的細節，便可以輕易證明。

郭艷媚的筆，能夠無情地伸向人的心靈深處，我想，或許多數人碰到最脆弱的地方，便不自覺地收手了；可是她並不，她能夠無情地勇往直前地刺向痛處。就這一點來說，她是個勇者，敢於面對活生生、血淋淋的人生。

郭艷媚是努力的，應該說，她交出的成績單是不俗的，但我還是不想過早地預期甚麼。因為香港是商業高度發達的城市，重商輕文，許多人都避而遠之。當然也不必奇怪於這種現象，因為事實擺在面前，文學不會給從事文化工作的人以甚麼光明前景。記得好多年前，有一個前輩就告誡過我：我和你討論寫作，不知道是幫你還是害你？所以，首肯她的小說之外，我也有點擔心，生怕她在這條道路上越走越遠。從文學角度來說，也許她成功了，值得祝賀；但從另一方面去看，又不免為她的前景擔心。我想說，愛好文學當然不錯，可以提高人文修養，但做一個業餘作者就好，職業寫作，如今香港並不存在這樣的客觀條件。

作為一個讀者，在欣賞她的作品外，又覺得，以她的筆力，還應該擴展題材。不正常的人生固然應該有人寫及，郭艷媚在這方面已經有所表現，但在這同時，是不是還應該拓展到其他方面？正常的人生也有許多可以挖掘之處，這恐怕就更要看她今後的努力了。

陶然

二〇一七年十一月八日於香港

# 一個灰暗裏的芭蕾舞者

夏曼．藍波安

郭艷媚小姐居住的小島，稱之香港。這個小島是東西半球、南北半球都知道的一個彈丸之地。我也出生於一個小島，距離台灣東南部四十九海里的一個孤島，稱之蘭嶼。自我進入華語學校念書，一九六四年起，筆者就知道有個香港島嶼。然而，香港的整體在我們的星球上，究竟是扮演了甚麼樣的「舉足輕重」的角色呢？其實有很多人，是說不出所以然的，包括我在內。

一個世紀以來，除去香港地理位置的特殊，成為東西半球海、空貨物的轉運站，在經濟上帶給香港不計其數的轉運財富，迄今不墜外，我們從藝術的發展與人文文學的在地產出而言，這似乎是香港地區十分脆弱的脈動點。我們或許記得張愛玲，她曾經駐足過香港，讓文學愛好者記得香港；倪匡的科幻小說，金庸的武俠小說，循環喧騰於香港、台灣、澳門，是另類華語文學的巔峰時期，醞成不可搖撼的文學潮。然而，許多位可敬的作家們，他們終究是香港島上過境的島民，最終還是離開了香港，移居他處。這或許是香港另類的，可以討論的香港作家的歷史點滴吧。

郭艷媚小姐在廣東出生，成長於香港，遷移過許多地方過生活，這個成長過程的轉換經驗讓她，從小就熱衷於閱讀小説、雜文，陪伴着她成長，同時她真情觀察中下階層多樣的生活形貌，啟發了她幼小心靈對於小説創作的美夢，期許自己成為女作家，那是她從小就可望實現的強烈夢想。在她十四歲那年，她的熱愛創作，她的努力，以及夢想成為「作家」的美夢，發表了她這一生的第一篇文章，讓她榮膺了「全國中小學作文大賽一等獎」，此篇文章創作的起始，給予她「才女」的雅號。

有句諺語「小時了了，大未必佳」，那真是一句「曇花一現」的慘酷結語，證實了某些作家短暫綻放明光，極度欠缺觀察社會脈動、關懷社會的洞察力，便消失得無風影了。郭艷媚小姐在中學時期獲獎之後，她繼續創作，也因此繼續獲獎，她在香港浸會大學就讀時，又再次獲得全球華文青年文學獎小説獎，驗證了她的創作才華，期間她也獲獎無數，也肯定了她自己熱愛文學是原生於體質內的基因，而非一時衝動飛筆弄墨的。

我與郭艷媚認識於兩岸四地作家相互交流的會議，一面之緣。此時她邀請我為她此生的第一本小說集寫序，我的心魂是極為不願。原因在於我不想花時間看她的「小說」，花心思閱讀被稱為「才女」的都會文學，而我本人是浪跡於諸小島的築夢者、浪蕩者，認為自己無法進入一個香港初出道者，其處女著作的書寫世界，很認真地婉拒了她。

一段時光，我真的忘了郭艷媚出書的事，或者說是，我真的不想為她寫甚麼「序」的。說真格的，我的偏見來自於香港人的功利取向，經濟上的現實主義者，難於釋放真情流露的複雜島民，許多價值觀與我民族本質的分享主義，幾近於不相對稱的生活形態。

但當我真正閱讀郭艷媚的小說集時，我漸漸地進入安靜閱讀的狀態，進入也是作家身份的沉思，除去她駕馭漢字的流暢，文字描繪的準確外，她這本小說集闡釋了小女孩細緻的洞察力：人世間各個宗教的差異性，表現差異的人生價值判斷，邊緣人的邊陲生活，殘疾人的情感世界，性慾的需求原來就不是社會階級的屬性，而是人性本質；我的詮釋是，庶民的生活藝術。然而邊緣人、殘疾人的世界往往被「正常」社會視為污穢的，而給予歧視，遮眼搗嘴而不屑，忽視了那些群族的正當權益，也必須被關注。這是她的小說集的核心。

假如郭艷媚小姐是一位徒手潛水伕，她是一位很細緻的、很沉靜的觀察者，鑑賞不同魚類類科（社會裏不同的階級屬性）的習性、情緒；假如她是海裏的芭蕾舞者，她的書寫是自然流露，為自己的書寫世界跳舞，她的心思脈動，其作品裏的人物寫照，就如那些海裏的活生生魚類，她為他們跳舞、歌唱，也自我反思。

她熱愛文學的創作，書寫了邊緣社群的普世真情，像是灰暗裏的芭蕾舞者，舞出對下層階級的心靈需求，舞出關懷的身體語言，靜觀社會脈動的流變。

全球化裏各個區域，高度文明的社會，處處是精緻的分工，處處是相互分配、又相互剝奪的功利社會，高度散發人性、獸性糾纏，真假慈悲難辨，才是殘疾的社會。

郭艷媚小姐的小說集，探索的議題就是這個，她的眼睛洞察有顆真情真心的細膩，她的書寫，她是灰暗裏的芭蕾舞者，飄逸着輕盈的、浪漫的、又厚實的心魂，透露了華語新世代作家的逆思，不愧是當今香港作家群裏值得期待、值得敬愛的新鮮人。真情祝福。

夏曼．藍波安

台灣海洋文學家

二〇一七年第四十屆吳三連獎小說獎得主

二〇一七年九月三十日完稿於蘭嶼

# 有些曲折關不住

吳鈞堯

讀一篇作品，我不常去想像，作家的名字與他（她）作品的連結性，讀郭艷媚則不同。一個來由，是她姓氏和名字筆畫繁多，而且非常「濃」；都「艷」了，還必須「媚」。我不由得去想，擁有這個名字的人，她的成長旅途肯定特別讓人留神。再是艷媚出生廣東，在香港長大，郭於是吞吐兩個地方，一個小的、富裕、但也繽紛的島，一個是很大、很多元的大陸。「大陸」的大，由「小地方」組合連綴，「小地方」景色與內涵各異，這是中華文化的融合特色。

讀艷媚的小說，我常感受到「小地方」的影響，城市與農村糅合，關於記憶的悠遠、深刻，都能在輕描淡寫的家族與家庭關係，找到線索。

我與艷媚結識於二〇一四年底，南京交流，少見的兩岸與港澳作家匯聚。廖子馨、谷雨、周蜜蜜以及郭艷媚等，提此節，是因我所識的港澳作家，除了詩人鄭國偉之外，就非常少了，後來持續聯繫、並分享作品的艷媚成為一個觀察。

艷媚的小說沒有脂粉氣，沒有氣派大樓、紙醉金迷，她的作品節奏多是慢的，與港、澳的忙碌成了截然對比。那讓我好奇，香港以甚麼餵養一個作家？作家怎麼從香港獲得養分？而且艷媚年紀輕，她如何在新以及更新的消費資訊、亮以及更亮的店招中，找到自己可能的映影？

然後我發覺艷媚找到浮光中的小巷，彎繞進去。港澳的樓與樓之間，多中午時分有陽光。每一戶人家以小小的窗台與世界寒暄。衣物懸陽台，隨風緩緩擺，有的以竹竿串聯，衣款大方垂掛着的，有些則讓人害羞。彎巷裏的陽光更薄了，我抬頭望，衣服能曬得乾嗎？尚未徹底乾燥的衣服，留有陽光氣味，以及一些濕的和暗的味道。

讀艷媚的小說，常看到「暗」與「濕」的流動，介於睡醒但天未明，介於麥芽糖與巧克力奶。

〈母牛〉曾刊登於台灣《幼獅文藝》雜誌，母親為了拯救中風的父親，發願信奉印度教，父親痊癒以後，母親依然篤信，供奉奎師那銅像、禁食牛肉。父親病好了，但與母親激烈衝突，離家出走。女兒誤會母親藉信仰之名行淫穢之實，故意找了個男人於屋內交歡、大聲呻吟，以自己的墮落諷刺母親的腐壞。母親死了，但母親是清白的。母親相信她與神的約定必不得破壞，才能保一家健康。母親信奉印度教以後，就喚女兒「Amita」，一個有救贖意義的梵音。「母牛」是奎師那鍾愛的動物，牠提供牛奶，猶如母親了；「母牛」也是在女兒的夢裏，卻變身為淫蕩的母親。而後如果時間能輪迴，女兒多麼希望母親的靈魂就在她使壞交歡時的子宮裏。

〈咒詛〉寫一個家族背負了女巫的詛咒，家族中的老大如果是男性都活不過四十，所以男主角港安一生下來就被送往外婆家。港安與父親的關係緊張，難得的見面都以衝突做收，港安開始詛咒父親早死。父親也真的死了。港安跟唯一的、信奉基督的朋友F述說憂悶，F拿着《天父的愛》和啤酒與港安喝酒，F離去時，港安發現自己拉鍊被拉開，空氣中留有精液味道，這讓他想起小時候曾被陌生男人逼迫口交。港安生病了，拯救他的明愛也是基督徒，並說服港安信奉耶穌。港安與明愛有他們的神蹟經歷，順利有了樓房，也預感母親的噩耗。一切曲折過後，港安有了明愛的愛，以及他們的孩子，並且要過四十歲生日了。

兩則故事都有「宗教」味，然宗教只是背景，艷媚要說的是「救贖」。香港是個殖民社會，外來以及流動人口大量經過，也或多或少影響它。〈菩薩低眉〉談小兒麻痺症患者默默與又老、工作又卑微的阿蟲，怎麼結識又怎麼在一起。阿蟲離棄默默，她的姐姐找到阿蟲家，在一堆雜亂骯髒油膩的居所中，看見一尊白瓷觀音，頭披白布、額前掛阿彌陀佛像，一手持楊枝、一手拿淨瓶，以蓮花為座。這是屋子裏唯一有亮度的地方。雖然小，卻很有存在感。姐姐發現阿蟲的父親跟妹妹默默一樣，下半身癱瘓。而阿蟲的母親在他剛出生就過世了。

〈母牛〉、〈咒詛〉以及〈菩薩低眉〉，都是曲折人生，曲折的「救贖」。「救贖」不是買賣，更非口號，救贖的代價常是失去，在生命有了創傷，才能凝視傷口何以在、何以癒。艷媚在此描摹了她的深度，「曲折」是她對關懷、對救贖的體會，艷媚除了關心現實，更想挖掘是甚麼路徑走到那樣的現實裏？一個城市的構成中，有堂皇大道，更多的是蜿蜒小巷，陽光有厚片、也有薄切的，這讓艷媚的小說有着奇詭風情，亮的、暗的、濕的，以及敗壞跟希望，它們合在一起，成為鍊條，一拉扯，它們一起動了，一起喊疼，也一塊兒呼喚。艷媚向魔幻取經、向超寫實靠攏，一個薄片在經過曲折以後，它的面積、體積，都遠遠放大了。

同時我們還可以發現大量的傷亡。「Amita」的母親死了、父親走了；港安的父親死了，母親也死了；阿蟲的父親癱瘓，默默則罹患小兒麻痺。另一個短篇〈唐狗〉，小狗以各種方式「自殺」，描喻女主角家馨被堂哥性騷擾後的創傷，且被希望裝作若無其事；〈球鞋〉，失去雙腿的永強到處宣講他的自強奮鬥史，實則逼迫外勞為其口交與做愛；〈斷臂娃娃〉，年輕貌美的女孩星星失去一條胳臂以後，怎麼活在偽裝的愛情高塔中；〈藝妓〉，楓子為了博得大頭的愛，隱瞞她為醫治父病下海賺錢，重整處女膜以套住大頭，卻悲劇坐收……

艷媚筆下人物都有坎坷，幾乎都是底層階級，她的關心不單指向藍領，而是懷抱希望的我們——喪失生活根據，卻努力保住一絲絲溫暖的芸芸眾生。艷媚打開他們的心事，把一個彎的物事，凹折它、扳正它，希望以光，點燃火。

艷媚筆下的香港故事，不只描繪在地，寫「小地方」，而是透着「大關懷」。她拆解人物與故事，就像書寫她的名字「郭艷媚」，正寫、倒寫或者反過來寫都擅長，讓一個故事走得又深、又長。

長巷狹縫中，藍天與陽光都像切過了，我抬頭看見竹竿伸掛出來的衣物，它們不畏高，迎風搖盪中，等待陽光；雖然，他們的窗戶都是關緊的了。

台灣文化部金鼎獎得主作家

二〇一七年冬至於台北淡水

# 菩薩低眉

# 唐狗

——有的動物是穿着人性外衣的高級動物，有的人只是穿着慾望外衣的動物，造謠橫騙。

## 二〇一〇年二月十三日下午七時

四年來，我的小唐狗以各種奇異的自殺方式來贖罪，用熱水自殘身體，用叉子戳自己眼睛，把老鼠藥放在自己愛吃的雞肉上。經過長期的折磨，我親愛的小狗今天終於得償所願……小狗用鋒利的剪刀剪自己黑白相混的瘦弱身體，剪了黑中略紅的耳，再剪漆黑的鼻子，半白半黑的尾巴，米白帶黑斑點的腳。血淋淋的一片如紅玫瑰的內裏，全是血，讓人何其哀傷。在腿骨縫中及肉上還嵌有剪刀上那深藍色的鐵鏽剝漆，明亮的眼睛凸出並向前冷冷地瞪視着……

可惜無論它如何的光亮，都蓋不過黑暗……

「家馨，別老是躲在房間寫什麼日記了，伯父一家三口都已經過來了，快出來一起吃團年飯。」媽媽甚是興奮地大嚷大叫。

興奮也是正常的，畢竟吳姓家族已經很久沒有這樣熱鬧過了。自從四年前那個除夕晚上，家馨的小唐狗把伯父的寶貝兒子家祥咬傷後，這兩個家庭就再沒有一起吃過團年飯，還分了家。本一座共同生活的三層樓房，變成了伯父一家住第三層，家馨家住第二層，第一層租了出去，共用一個僭建的天台玻璃屋，以前伯母和她媽媽會經常上去喝咖啡種薄荷。現在只有幾片黃葉子掛在上面，還長滿了雜草、蒲公英和自家種的纖弱的蔥。媽媽說有時候拿着肥料上天台碰到伯母還是很內疚，就連蔥都不管了。

而伯父和她父親原本一同打理花場，後來拆夥了。花場由伯父管理，分了爺爺留下的一小部分把她父親打發了。以前每天他倆去洪記喝茶，樂此不疲。現在伯父依然每天去，只是聊天的是熟人；前年接到一個八十年代的大明星生意，在後花園種草坪和栽名貴大樹；隨後一年，伯父每天回家玩股票，回廣東花場看看，找找佛山小老婆，回來時買隻名牌手錶給伯母；也會在漁船上買來新鮮海鮮自己下煮，晚上泡浴喝紅酒，不用工作錢也花不完。而她父親每天在家吃她媽媽弄的榨菜炒米粉，有時候自己坐小巴到西貢市中心買個麥當勞，放放狗。家馨問爸爸為甚麼不去飲茶，她知道她父親從年輕時就有喝茶的習慣，對於西餐是毫無興趣的。爸爸說怕見到伯父。

現在在家馨家的年夜飯飯桌上，坐着她伯父，他比家馨父親大四歲，兩人都不愛打扮，而且又黑又瘦，卻力大如牛。旁邊是穿着深紫色絨綢大衣的伯母，一張臉粉搽得像棺材裏爬出來的顏色，此外耳朵以後下巴以下就像一節蒸不透的珍珠米，眼睛長得高高的，是個上海胖女人，會讓人想起噁心的幼蟲穿着紫色的外套。旁邊的還有她兒子，就是家馨的大哥家祥，她的爸爸，穿暗紅套裝應節的媽媽，家馨只知道媽媽是爸爸到內地鄉間物色的一個壯健老實的樸素農婦，比父親少十幾年。桌子上有一大盤酸梅鴨、一碗燒肉、瑤柱節瓜，還有伯父帶來的象拔蚌、大鮑、活海參、海黑魚。

客廳裏是三個男人，兩個女人，十隻手，五張嘴，放聲說着他們的悄悄話。

「沒過來一段時間，怎麼這裏變得土氣十足啊。」伯母扁着尖嘴說。

「呵呵，我們把以前一起買的古老家具都丟了，換了墨綠色的真皮沙發，躺在上面的芝娃娃還賴着不肯走呢。」伯父得意洋洋地說着。

「小聲點，家馨今天剛要出門，看到一個染有血跡的垃圾袋，一顆血淋淋的狗頭滾了出來，內有尾巴、耳朵、手腳，原來是我們家的小唐狗黑白配。不知道誰這麼沒有良心把牠肢解了，我們家小馨哭得撕心裂肺的，一整天下來什麼都沒有吃過。」媽媽捂着嘴巴說，把聲音壓得很低。

「噓——噓——不要這麼大聲，讓她想起，她病又會發作的。」爸爸打斷了媽媽的話。

「家馨這孩子的病還沒好嗎？我剛接到一樁買門前大樹的生意，恰好是個精神科醫生，我可以請他過來幫忙看看。」伯父神氣地說。

「謝謝你們關心，我們家馨為大家添麻煩了，對了，家祥，以前的事情就讓它過去吧，別放在心上，我們算欠你了。」媽媽低着頭說。

「叔母，你別這樣，家馨的事情我也很擔心，是不是她最近學習壓力太大了，才會不斷扯斷自己頭髮做出這種奇怪的行為。也許再過一段時間就會慢慢好起來了。」家祥說。

「好？很難呢。你知道她的病有多嚴重嗎？今天我剛回來經過二樓看到她的雜種狗血跡斑斑，特買了她最喜歡的百合花送她。你們都知道我一直討厭唐狗，自己也被自己關懷狗的姿態而深深感動，誰知道，她二話不說，拿着百合花，一口一口地吃着花瓣，還衝入廚房添白砂糖，吃得有滋有味的，真是病入膏肓啊。」伯母開始激動，聲音越來越大。

「媽，你不要再說了，現在我們一個大家族團團圓圓，互敬互愛，家祥家興的。」家祥說。

「家祥長大了，越來越懂事。」爸爸說。

家馨家裏一片歡聲笑語，彷彿回到了四年前。

如果沒有之前的刺痛，現在的喜悅，或許不會成為諷刺……

家馨一個人呆在房裏，落地玻璃被米白麻簾遮蓋得嚴嚴實實，外面的笑聲像眾多栗子同時在猛火裏爆裂，讓人刺耳難受。她坐在古老的椅子上，這是爸爸以前仿清朝太師椅做的，用的是自家花場的黃梨木，還飄着陳年的幾絲迷迭香。旁邊是排列得像原始森林一樣陰暗稠密的書架，充斥着腐朽氣味的空氣中還飄着幽幽的清香。是家馨剛買回來的大白菊，白得鮮艷，白得豐盈，插在鮮紅的花瓶裏，白得心痛。在純白紙花的絲絲縷縷相框下，一個身穿棉質白襯衫、白色紡紗下襬的女孩，一雙明亮的大眼睛，薔薇小嘴，一個大大的笑臉如此清晰，手裏抱着一隻黑白隨意搭配得很美的唐狗，美的分配是極神秘的一個現象，沒有具體的絕對美，卻有相對的抽象美，美得如此讓人陶醉。

如今，小唐狗的死成就了這個美麗的團圓，成全了這個圓滿的家庭結構。是的，過去就讓它隨風而去吧，但是有些事情，卻總是難以忘卻，就像家祥手臂上那一口紅色的牙印疤痕，磨也磨不掉。記憶就像潛伏的海怪一樣啃噬着她……

## 二〇一〇年二月十三日下午八時

我記得那是二〇〇六年二月六日的晚上，清清楚楚……

西貢鄉郊的晚上特別安靜，特別是除夕的晚上，外面是一片綠油油的菜田和空無一人的馬路，也許還有一條大蟒蛇在橋下緩緩移動。彷彿在等什麼，待什麼……

今晚大家都很高興，伯父和爸爸喝多了，媽媽留他們一家三口在我們家客房睡，也方便明天初一一起回內地拜年。我抱着的小唐狗，在我的呵護下熟睡如嬰，何等安好，我也漸漸睡着了。冬天的氣息還在，怎麼這麼熱啊，當我睜開雙眼想開冷氣的時候，竟然看到大哥家祥就睡在我身旁，肌膚與肌膚之間不到一厘米，我感覺到他的手就搭在我的腰間，試圖把我的衣服往上扯，我記得，是一件白色碎花小背心，是大哥去年送我的生日禮物，現在還藏在我的床底下。我當時不知道他要做什麼，他是不是要強姦我，我不知道，只覺得有那麼一刻，想離開可是卻全身麻痺，就像腦袋和身體被蠕動的蟲侵蝕着的超常恐懼感和噁心感。他對我說：「家馨，你很美。」我一把抓起身邊的衣服丟向他，大喝道：「快穿上你的衣服，我不和動物說話。」他像受了傷的野獸似的一把把我重重地按下，我感到血和肉，沒有人氣，只有那股「鴉片」香水味，讓我覺得窒息。「啊——」一聲慘叫，他的手無力鬆開，我趁機再一口咬下去，跑到了另外一間客房，把自己牢牢地反鎖在裏面，滿身不見血的傷痕，靈魂裏完全浸透這悲哀的質流。

那天夜裏，天上佈滿着陰雲，星星和月兒的光都遮得嚴嚴的，宇宙上只有一片黑，不能辨出什麼，天上還淅淅瀝瀝下起雨粉，像哭聲……

天亮了，大家議論紛紛，為那年的春節增添了一個茶餘飯後的閒話。有人說後半夜，狗不知道為什麼突然發狗瘋咬了正要如廁的家祥；有人說有老鼠進入村屋，狗咬錯了無辜的家祥；有人說家祥看到有小偷入屋，想把他制服，誰知道在錯亂中狗咬了自家人。

從那天以後，家祥一家再沒有踏進我們家裏一步，甚至連親戚的拜年禮節也沒了。

「家馨啊，你寫完日記沒有啊，飯菜都快涼掉了，你大哥家祥待你可好呢，怕你為了黑白配傷心，送了自己的芝娃娃給你，還取了名字叫白白呢，快出來看看啊。」媽媽貼着家馨的房間門口説着。

「是啊，女兒，那隻芝娃娃很可愛呢，是你最喜歡的白色，還有一頸鬆鬆的毛毛呢，那傻模樣讓人又愛又憐，而且有一個美好身段，是一副適合高床軟枕的骨頭啊。」爸爸馬上附和着。

「姪女，你就不要再為那隻唐狗傷透了心了，根本沒有這個必要，不就一條狗嘛，更何況是一條雜種狗。你還記得幾年前我和你一起帶着唐狗去西貢公眾碼頭散步的情形嗎？那個小女孩過來摸牠的頭，她媽媽看到了馬上剝開了一疊濕紙巾，抹完又抹，然後帶着自己的寵物狗揚長而去了。」伯母振振有詞地説。

「你們啊，當初家馨領養這隻唐狗的時候，就不該同意把牠留下，現在闖禍了，還把自家人給咬了一口，害我家家祥好端端打了三支瘋狗針過年。他是你們的姪兒啊，難道你們都不為他擔心嗎？與其費神擔心無人性的畜生，不如關心一下自己的家人啊。」伯父說得面紅耳赤的。

大家附和着，像一群野兔一樣矯健狡猾，在原野上奔跑。

「碰——」一聲房門巨響，家馨用盡全身力氣大喊：「黑白配是有人性的。」在朦朧柔和的燈光下，家祥那殷紅的牙印，分外鮮明。紅灼灼的顏色，比紅玫瑰和胭脂還要刺目，他那白色的襯衫上，深藍色的鐵鏽剝漆，顯得分外刺眼……白白在黑白配的碎屍旁靜躺，一雙哀傷的眼睛寫盡溫柔。

## 二〇一〇年二月十四日零晨零時

黑白配，你還記得我們在唐狗協會的初次相遇嗎？你也是用這麼一個哀傷的眼神看着我。總覺得有種氣息，不香不臭，就是一種氣息，很親切。我義無反顧地把你領養了回來，那時候，你才六個月大。也許是流浪得太久的緣故，當天晚上，你就躺在軟質地上睡覺了。

我記得你有一次很淘氣，在媽媽剛剛幫你洗過的床鋪上撒尿，我幫你洗，你軟軟地在我沾有泡泡的腕上一擦一擦，表示感謝。

我記得你的笑臉，那次我和你出去玩，我一邊騎自行車，你一邊在後面追，我們就這樣一直繞着樹木打大圈圈，圈成了一個和諧的圓圈。你累了，乖乖躺在我身上，我輕輕地捏你那長滿紅色幼毛的耳朵，感受軟骨的扭動，兩顆心靈的融合。

我記得你在夏天的懶相，不斷地吐着紅紅的舌頭，你的口水還流下來呢，就像我每次給你買骨頭狀糧食的時候，你的模樣。

我記得那年春天，有時候在夢中哭醒，你就睡在我身邊，舔我臉上的淚水；有時候我徹夜難眠，你就這麼抱着我的腿陪我看月亮。

我記得……我記得……有關於你的，我全部都不會忘記，也忘記不了。這四年來，你是知道的，我根本不敢關燈睡覺，因為我怕黑。從今天起，我會關上枱燈。是的，你比我更早明白，既是日夜，黑暗亦無處不在。

太陽菊在黑暗中靜靜枯萎，月亮吞服大量鴉片，星星被黑暗壓得喘不過氣來，徹夜未眠。

「家馨，家馨，你醒醒啊……今天是你生日啊，媽媽什麼都願意給你。」媽媽撕心裂肺地叫着，像家馨丟了小狗一樣。

後記：外面陽光毒艷，死命地焚燒地面。伯父伯母把家馨的遺體和唐狗一起火化合葬在一起，吳家祥改名為吳家榮，卻改不了手臂上血蛇一樣的疤痕。埋葬了證人和證據，人就不會為自己的罪惡而感到愧疚，而明知自欺也願意繼續活在自欺當中。

# 逃之夭夭

桃夭一覺醒來，以為自己又發了一場夢。卻發現肌膚已微露枯黃，毛孔間隱現墳墓，而內心這塊神秘、隱晦、曖昧的區域，又暗藏着多少個日與夜囤積的黏暖與憂怨。但，事已至此，前路是歸宿是流浪又何以明辨……

女人往往是故事的發源地，從愛上第一個男人開始，桃夭十七歲，帶一縷香檳玫瑰的暗香。那段小日子帶着蘇軾題西湖「水光瀲灩晴方好」的味道，在青蔥的校園裏，因桃夭取笑他與《皆大歡喜》裏的金紗紗髮型一致而認識。他是一位俊秀、精瘦、內斂的小男生，清純得如其來自鄉村的身世，帶着溫潤的泥土氣息，他就像一杯水，靜止、恬靜。兩小無猜的相合，從男孩旅行攜帶的2.5公升大可樂，大汗淋漓尋來的四葉草，圓圓月亮下的腳踏車，一封封往來摯真的情書，還有身上那「立白」洗衣粉的氣味開始，到那幅叫「衣食住行」的畫結束。

畫紙上是一間極其簡陋的房子，只敞開了一扇窗，在陽光的映照下玻璃的反射有斑駁的光圈。屋子旁邊是一個池塘，養滿了黑溜溜的小東西。旁邊粗獷地躺着歪歪斜斜的楷體：「住矮樓，養蝌蚪」。桃夭一手搶過畫紙，用櫻桃紅錯落有致地填滿屋頂，貼上純白的羽毛在壁身，加建兩層樓房，在池塘旁加上一隻小狗，身上掛着「我叫花狗鵬」，可愛得如坐在她後面的李曉鵬同學，他正無知地昏昏入睡。旁邊寫上「住洋樓，養番狗」。雖然畫筆稚嫩，字跡卻修長清秀，如桃夭。

那天放學回家，父親又喝得爛醉如泥，一見桃夭就大吼大叫：「你個死女包，又去邊度勾引男人，似足你個衰老母，水性楊花。」一把抓起玻璃茶几上的杯子就朝桃夭的方向摔過去。桃夭嚇得手上的畫都掉地，母親撿起畫看了眼，冷冰冰地去掃杯子的碎片，嘴上嘮叨着：「跟着個窮鬼，捱一世的苦。」

其後，父親賭氣幾天沒有再回家。最後一次回來時，喝得滿臉通紅，扔下一塊西樵大餅給桃夭便匆匆離開了。家裏一時間失去了經濟支柱，桃夭被迫退學，每天對着這個家徒四壁的地方發呆。凌晨四點，屋子的唯一窗戶飄入從雞販市場傳出的內臟殘渣氣味，母親就匆匆出門去清洗皮革。一隻黑色的蚊子，身體細細薄薄地貼在蚊帳上，沒血。晚上聽見野狗的嗥叫在遠處迴盪時，才盼到母親回來填滿一天的胃口。門外堆聚的垃圾又在靜靜地招迎蒼蠅，發酵出陣陣臭味。直到有一天，母親對桃夭說：「我哋聽日跟叔叔落香港」，桃夭的初戀也由此無疾而終。

那天夜裏，桃夭做了一個鬼魅的夢。夢裏自己走進一個深不見底的山洞，一塊塊大型十字架式的巨石聳立在眼前，自己似乎變得無比渺小。走過去細看，石上雕刻着奇特而精緻的圖案和紋飾，有野豬、馬、綿羊，和一些典雅的古典花紋。還有一條盤旋着蠢蠢欲動的巨蛇，身上的鱗片似金色帶黑斑點蟬羽，那多麼像是惡魔的塗鴉，卻有一種讓人窒息的美感。

從此以後，那雙邪妖漆黑帶點神秘藍的蛇眼，好像從來沒有放過桃夭……

第二天，她們去了香港。這裏的一切一切對於桃夭都太特別而新奇。以前是一片無垠的大海，一棵棵盤根錯節的大樹，一座座矮小的樓房。眼前卻是一幢幢高聳入雲的巴比塔，五彩繽紛的大廈密密麻麻，整整齊齊地排着隊，還有裝修得很講究的日本餐廳、美式服裝店，裏面很多穿西裝的人在工作。叔叔把她們兩母女帶到九龍城的啟德機場看飛機。桃夭記得在飛機起飛時，母親說：「快叫爸爸。」

從此母親正如一個不施脂粉的漁家女，一夜之間變成紅細高跟、滿身珠光俗氣的貴婦。那時候母親把屋子裝修得很精緻，買了套黃花梨家具，雙人大床，母親常說「家具都算家的一部分」；每天準會去美容店，用一種時髦的化學藥劑燒灼已麻木的皮膚；而「睇樓」，變成了母親一種「必然」的習慣。後來母親看中了深圳鹽田港一帶的樓盤，經過一條長長的隧道後如入世外桃源，地產經紀獻媚地跟母親說：「這些住宅區，大多都是香港人在這裏買了樓，自住或當度假用的。」母親二話不說買下了，日子雖不算大富大貴，可母親常說：「總比以前強。」

而在桃夭眼裏，那時候養父對母親：他時而小心、溫柔、輕巧地抱着她，彷彿醫生抱着活生生的嬰兒；時而一絲不苟地研究她，像是一個博物館研究員；時而他會像一個買色情雜誌的老頭般，悄聲說：「麻煩你包起來」的猥瑣；

更多時候他如同一隻動物，而這不必用言語表達，因為這是一種本能的需要。不管怎樣，母親是開心地接受着。

可恨的是，女人常是故事的發源地，卻永遠不是故事中的主角。

自從和養父一起後，母親就停止了工作，總是像一個生病在家的小孩撒撒嬌，每天殷切地躺在床上等待養父帶來的小禮物。只是從來沒有想過有一天會像這份被啟過封的禮物般簡簡單單地被拋棄。聽鄰居說養父在深圳包養了一個有一罐蜜糖般甜甜身體的女大學生。那時母親懷孕剛滿三個月，看到養父和那女孩清清楚楚地進行着——不慎從樓梯錯腳滾下，如冬瓜，醒來時一腿子的血，得了永久精神病。母親常常用手撫摸自己扁平的肚子，學習孕婦的步態。母親對桃夭說：「噚晚我又發惡夢，我在一間我唔識的房裏面，它好似在我的屋企。我發現自己在客廳……呢度的嘢好鬼古老……我於是走到一道房門前，用力打開它……空空如也。我再走進另一道房門前，呢度顯得更加古怪，一張嬰兒床已經鋪上厚厚的灰土，然後……我走近去……我看到一個頭蓋骨。」

事情發生後，養父開始經常不回家。桃夭也把母親丟在一邊，從認識了另一個男人開始。那時桃夭剛滿二十二歲。他叫R。他的頭髮短短的，一根根髮泥梳理下硬直地往天空的方向伸展。初見他時，桃夭感覺氣溫升高了半度或一度；腦海裏像一間嘰嘰喳喳擁擠的幼兒園；心中潔白潔白地盛開着油桐花。

在相愛的日子裏，他們一起去山頂看流星雨景觀：那時候夜幕如同R身上藍黑色的厚重絲絨西裝，在等待流星的漫漫長夜裏談自由談理想。從伯里克利時代，到美國的奴隸制，一直聊到留學澳洲時坐在白馬上無憂無慮地奔跑飛馳。空氣中瀰漫着煙灰與酒精的頹廢，義無反顧地奔向遠方；他們還會一起坐船去張愛玲《傾城之戀》裏的淺水灣，在新月形的海灣裏，他們用清水細沙把玩自己的青春，傍晚跑到海邊的餐廳：「Excuse me, please take my order. My girlfriend would like to have chicken and rice for her main course. Not too much rice though, my date doesn't usually have much rice for dinner.」那天回家後，母親看到一身黃沙的桃夭，說：「總比以前的窮小子好。」

慢慢地他們開始因晚歸，因其他女人的獻媚，因為一星期才能見上一天的安排而大吵大鬧。直到有一天，他把頭垂到胸前，只拋下了一句：「I'm so sorry.」給桃夭。然後Facebook上解除了relationship，WhatsApp上換了全黑icon，delete了對方的電話和所有合照，一切好像從來沒有真實發生過，連一點相愛過的證據也沒有。

桃夭原本以為「你還記得嗎？」這個問題隨着歲月的流逝會成為他們將來的激動；她還以為他會帶給她一個真正完整的「家」；而桃夭一直堅守「無論環境順逆，疾病健康，我將永遠愛慕尊重你，終生不渝」的信念最後只能淪為笑話。當她質問他「孩子怎麼辦？」的時候，他淡淡丟下一句：「下個月我就要飛德國了，更何況你也有你選擇的自由。」

後來，桃夭自己重遊了一趟淺水灣，不禁想起流蘇，就算是名正言順的妻，馴服了眾女人虎視眈眈的花花公子，最後還是難解悵惘；不禁想起了蕭紅的傷心遭遇，生命似乎變得比較可以忍受。

日落的時候，桃夭沒有去那家他們經常吃飯的The Verandah。而是直接坐船回來。當天夜裏她手上拿着一個血淋淋的死胎，走進洗手間，把孩子扔進抽水馬桶，按一下沖水按鈕，嘩啦嘩啦地沖走了孩子，竟覺得廁所水聲有定神的作用。當桃夭突然感到腹部那裏一陣刺痛，才發現自己原來在做夢。她小心翼翼地撫摸着自己圓圓的大肚皮時，竟想起當時那個穿着孕婦裙的母親。在懷恨於母親將要把愛分薄給其他孩子的時候，卻忘記了當初「母親」的心情。

那段難熬的待產日子裏，母親好像已經恢復了「正常」。常來醫院看望那時大肚便便的桃夭，那時候她們經常聊天。如果沒有其後的傷痛，大概日子也可以熬下去。母親說起小時候在廣州，那時只有語文書和數學書，當時家裏很窮，因為背詩聲音太大，吵醒了第二天要上班的姐姐，書本被扔進了火坑後，就不想讀書了。每天跑去池塘幫一家人洗衣服，認識了過來幫忙的男子，那就是桃夭的父親，本來以為從此可以平平靜靜地生活，有一個安穩的家，可是男人失業後卻經常喝酒，對她又拳打腳踢的。後來甚至離開了這個家，為了生活，桃夭母親硬着頭皮去皮革廠打工，那時候是八十年代的後期，養父剛好在廣州開廠，投產人造皮革生意。母親當時就是他廠裏的女工，負責清洗皮革。陰差陽錯下與養父相愛，以為可以重獲一個家，可是又事與願違。桃夭按捺不住告訴了母親，親戚們在你「嫁香港客」後說盡了難聽的話：什麼「賤貨」，「狐狸精」，「山雞變鳳凰」。

母親常說：「經歷咗咁多，好多嘢都睇化咗。」對於知識、對於往事已經忘得一乾二淨，如一片藍藍的沒有白雲的天空。其實母親有時仍能用乾咳般的聲線吐出兩句：「桃之夭夭，灼灼其華……之子于歸……宜其室家。」那時候母親斷斷續續的誦讀着《詩經》中的詩句，如藍天裏飄落清澈的雨點，滋潤着桃夭的心。

直至去年冬至的晚上，夜色濃稠得像一鍋煮開了的芝麻糊，如盤古初開時的混沌之際。桃夭的孩子剛從哭聲中乳白地出生，母親就迫不及待地從豬紅色的軟性雙人床上，逃到炭黑色的木板棺材裏，再悄悄躲進了水晶骨灰盒。桃夭聽醫院的人說：那天晚上，你母親在家裏那張雙人床上割脈，流了一床豬紅色的血；僵硬的皮膚如同房間的窗戶一樣冰冷；家裏充斥着一股淚水酸澀的殘味；大概是流血到清晨，慢慢死去的。送去醫院搶救無效時你女兒海蝶剛出生，大家都不敢告訴你。母親也許是因為無法忍受繼續在世疲於奔命地行走，一路走來大概已血跡斑斑，死亡也許是另一種解脫。只是女兒「Ya——Ya——Ya」

的出生一直讓桃夭覺得有種近乎無法承受的溫馨。

可愛的是，女人總不能擔當故事中的主角，可女人要的夢從來就不大。

母親離世後，桃夭找到了一本很薄的本子，封面是全白的背景，僅以紅筆勾勒出簡潔的花體，是母親的「遺物」。旁邊抄錄了一句鍾曉陽的「以前我忘了告訴你，最愛的是你。」翻開裏面卻空空如也，大概母親覺得這就是人生，桃夭突然覺得這也像海蝶的人生。不諳世事的女兒如一張白紙般看着自己，精靈可愛，眼珠像桃夭的母親，帶着微笑，似乎看透大人的心也看透了一切糖衣，手裏拿着潔白潔白的紙巾送嘴裏。如果海蝶是母親的輪迴，桃夭希望她已喝下孟婆亭的「黿忘湯」，把前塵往事通通忘掉，開始新的塗鴉式人生。

往後的日子，多了一層奶味和塵埃，細說着千言萬語。在幫女兒沖奶粉的時候，桃夭時常會憶起最初的日子：遠山、白雲、樹陰和鳥影。踩着腳踏車來到一望無垠的草原，眼前的雲，越來越近，一層一層，展開它所有隱秘的花瓣，潔白無瑕。一陣微風帶着泥土的氣息遨遊天際。在青青的一根絨綠下，伏着一隻蜻蜓停靠着的夢，在陽光的親吻下，薄薄地柔弱地顫動。那時，桃夭總愛黏着他說：「我不想做流浪的小貓。」只是「此情可待成追憶，只是當時已惘然」，只是他們都猜想不到無數黑蝴蝶隱形靜伏；只是黑夜已默默展開博大的胸襟。

當天夜裏桃夭作了一個漫長的夢。四周被高峻的山脈包容着，就好像有了一個天然的屏障，中間是青翠廣闊的草原，地上撒滿了金子、乳白的珍珠、紅瑪瑙、藍寶石，沒有人拿，一隻鴿子飛過，美玉竟成了牠的木偶。四周的群山和樹木會平行移動，細看，是一大片一大片的橄欖樹，自己大把大把地將青青的果子往嘴裏塞，很奇怪，不苦澀很甜，像在吃糖果。母親突然從天而降，拿着小時候用來哄我的糖果說：「吃吧，糖果是甜的，日子也是甜的。」母親又瞬間消失，自己想尋找母親，一直往前走。

河水縱橫交錯，淙淙流淌，慷慨地滋潤着大地，一直沿着河流往前走，尋找源頭，也許母親就在那頭。也不知道找了多久，還沒找到，只是一路走來一直聞到一股濃郁的葡萄果香，蹲下準備先喝口水再趕路，不料，手指一觸碰水面，清涼無比，喝下去，竟然是葡萄酒。可是河水清澈見底，不是紅色也不是淡黃色，是晶瑩剔透的。看着眼前這透明的水，卻彷彿看不透，只看到不小心跳出水裏的魚會流淚。自己就這樣幸福快樂地在這裏安居，花兒的開合間，一年又一年地過去。

桃夭突然一覺醒來，原來只是一場夢。鏡子裏的自己，肌膚已微露枯黃，毛孔間隱現墳墓。在這個城市裏，人滑到最深最深的地方，一顆心降落到最低最低的塵埃裏，又讓人從那裏追溯又如何站起。朋友介紹了一個新移民男人相親。桃夭走在人來人往的繁華大街上，夜色迷離：一圈圈橙黃色的光暈出現，又一圈圈冷冷的藍色光環襲來，接着是熱情紅光的挑逗，最後黑色橫行霸道。突然一架救護車超載整個城市的憂傷急速飛過，差點撞到了心不在焉的桃夭。如果命運有眼睛，一定漆黑而嫵媚，命運一直冷冷地審視，而桃夭不知前面是歸宿還是流浪，可事已至此，只能一直拖着向前的步履，再繼續下一段旅程，一印又一印地記錄黏暖與憂傷……

# 春暖花開

從前的日色變得慢，車、馬、郵件都慢，一生只夠愛一個人。

——木心〈從前慢〉

自我識字起，我家住在大河旁出的小河邊，溫潤而寂靜。用我們的方言說，叫「涌邊樓」，河兩旁是平行的芒果樹。我家住小鎮市中心的三樓，露台坐北朝南。小時候我就站在小木凳子上，靜靜地俯視着「美食街」、小橋和人。陽台有時躺着一束束樸素的光線，有時跳入一絲絲纏綿的雨絲。每天就這樣等，等媽媽下班回家，等父親從遙遠的香城回來。風停了，水靜了，今年的芒果樹又開花了，那是一段真實的日子。

想起源頭，讓人心緒溫柔……

那一年，父親從香城回來，狠狠地在我的臉頰上一吻，那是第一個親吻我的男人。隨後父親在家鄉長住了一段時間，可以說，完全改變了我的生活。爸爸的口頭禪是：「一年之計在於春，一日之計在於晨。」所以把每天只能玩一小時的規定也就確確實實地執行下來了。早上是背詩，父親說：「結廬在人境」，我必須立馬接上「而無車馬喧」。接不上也沒關係，父親會隨手拿起身旁的茶杯往牆上摔，母親就會靜靜地把碎片一片片撿起來丟進垃圾桶。再把備好的玻璃杯盛滿水放在父親旁邊的茶几上。

還要練習柳公權楷書習字帖，每天寫上一版，也只能是一版，否則父親會二話不說把你的本子撕成四塊，然後告訴你「急於求成」是什麼意思。接着做一些數學題目之類的練習，每當我不會算的時候，父親都會用眼睛從上到下打量我，彷彿我是個廢棄無用的家具一樣。那時，我會把前額抵在冰冷的窗玻璃上，望向窗外的街道，窗簾因為暮色渾染，總是沉沉靜垂。

那寶貴的一小時娛樂時間按父親的話說是很自由的，父親說可以玩Barbie換裝，然後自編自導故事，其實就是在自言自語；也可以玩「煮飯仔」，就是「吃」自己用橙色橡皮泥搓成的麵條；當然也可以看《安徒生童話》，甚或父親喜歡的《紅樓夢》。

父親說：「都是自由的。」有一次我呆呆地站在我家飯廳那裏，看那幅長兩米寬一米的「家和萬事興」刺繡畫，看了整整一個小時，後來被父親用衣架打了一頓，他打人時臉上的冷靜比山上的溪水還要清冷。而當我掛起小黑板，在客廳裏整整齊齊地放好六張小椅子，先給每人（每張空椅子）發一份教材（宣傳單張），然後厲聲喝道：「小明，你大聲朗讀一遍」的時候，父親總會乖乖地響應「A-P-P-L-E，APPLE」。可畢竟「國有國法，家有家規」，一切事情必須在我家的「法律」（父親說你錯，你就是錯了）允許下才有存在的意義。

當我開始進小學的時候，我才覺得我真正擁有了童年。我不愛聽老師講課，我只癡迷於他給我講的故事，和聽故事的時候有橙味的「二寶果汁夾心糖」吃。因為在那時候，他讓我想起我外婆。他叫白家俊，是我的同班同學，借了我的文具從來不還；可上午借他一本五角的本子，下午不還就說要拉你去坐牢。如果他書包裏帶了兩瓶可樂，你口渴了想問他要一瓶，他會說：好啊，然後扭開瓶蓋暢快地一飲而盡，再拿着空瓶子在你面前晃來晃去。可儘管如此，每天從他那張嘴裏，你總能聽到許多「Kinder出奇蛋」般的「大」事情。

「今天我給你講一個我小時候玩的化學實驗，我把那次行動取名為『液體爆炸』。」首先我們要準備一個玻璃試管（裝泡泡水的塑膠瓶子），然後倒入兩份洗潔精，三份沐浴露，三份洗髮水，和四分之一份的衣服柔順劑。混合後我把液體倒在地上，分別畫三個圓圈，裏面兩圈都有一個小出口，第三個大圈是密封的。實驗開始，把紅火蟻放在最內層的圈子中心，紅火蟻用它烏黑黑的腳板試量水裏的太陽，迅速折返，當牠爬到最後一圈的時候，液體開始慢慢侵蝕牠的全身，牠無法找到生存的出路。當我聽到紅火蟻躺在血泊裏奄奄一息的時候，我變得興高采烈起來。

「今天我們要進行一次反恐活動，我把這次行動命名為『狙擊精英』。」活動十分危險，關乎生命。首先要準備好狙擊步槍（手）和充足的子彈（從花盆裏弄一堆泥土，搓成波子般大小的泥團，待陽台牆角風乾後即堅硬無比），選好角度，然後瞄準恐怖分子（隔壁人家天井養的母雞）發射，敵人急急敗退的時候，我們就要乘勝追擊。他說得眉飛色舞，我也聽得身臨其境。「給，這是橙味的二寶果汁糖，檸檬味都歸我。」白家俊說。

在我很小的時候，父親在遙遠的香城，母親有時候會把我放在外婆家。外婆家外面是青青的農田。外婆就是這樣每天坐在圓拱門的左邊，講着她的故事哄我吃飯。外婆說，你的外曾祖父當時是地主，娶了三個老婆。大老婆在抄家收繳地主財產的時候，和他劃清了界限，保存了大量的美玉和金條在酸枝木枕頭裏；二老婆被你外曾祖父打破了頭後就跑出了這個家，在路上跑着跑着就死了；小老婆就是你的外曾祖母，跟着你的外曾祖父就這樣在分配的屋子裏過了一輩子。說到這，外婆把一口在她嘴裏咀嚼過的米飯送進我口裏，米飯是甜甜的，有新鮮奶水的味道。

她還常常嘮叨我外公有多威猛，把死囚押到偏遠的山上，先挖好洞穴，一槍一個，像掌控生死的神人。說到這裏，外婆臉上總露出崇拜的笑容。那時候的我，吃完飯就可以和白家俊一樣，只是他去瓜棚捉的是金龜和七色瓢蟲，吃海棠花果。我肢解的是黑毛毛的蜘蛛和蜻蜓，吃我舅舅種的胭脂紅番石榴罷了。

生命如水般流動，早上爸爸依然會晨跑到大河盡頭那裏，買一塊錢的豬肉腸粉和五角的豆漿回來，有幾次上學快遲到了，父親仍會冷冷地說：「遲到就遲到，吃完才能走。」而父親喜歡午飯時聽收音機的習慣一直也沒有改變，每當聽到錄音機說「欲知後事如何，且聽下回分解」的時候，我就該抓起書包上學去了。

傍晚爸爸依然堅持接送我放學回家，左手提着我的那個「美少女戰士」書包，右手用拇指和食指組合成一個圈狀，緊緊套着我的手腕。爸爸常說：有一天，套不住了，你就長大了。從學校到家，為了折磨小白布鞋，我一路踢着身子灰灰的石頭，甚或故意往人行道的縫隙裏踩，鞋帶也難免是一種束縛。枯葉的膝蓋跪地，小花死在回家的路上，還有黑色的風。回到家後媽媽總是一邊洗着鞋子，一邊嘮叨：「你這男孩子頭的，以後怎麼嫁個好人家啊。」

有一年，發生了大洪水。住在大河那一邊的爺爺、奶奶和叔父伯父們都住到了我們家裏，好不熱鬧。夜裏奶奶抱着我說，黃濁濁的水已經比人高，鍋子還在裏面了。我異常興奮地問奶奶：那我們家不就變成水族館了。我看見奶奶哭了，後來當我進幼兒園讀小班的時候，「六一兒童節」把我們平時的游泳池變成了魚池，老師說撈到的魚可以帶回家，那時候我想起了我的奶奶，我想如果奶奶鍋裏有魚也許就會笑了。

那時候，下課鈴聲一響，大家都跑去盪鞦韆（圓形黑色車胎），比比誰盪得高，黃沙裏的小麻雀在鼓翅裝作要飛行的模樣。那段小日子，小沙子揚起來，又落下了，孩子聲膩甜了校園。潮退的時候，奶奶在我們家的浴缸裏撒了一泡黃濁濁的尿液，媽媽牢騷了幾句。奶奶搬回家後，好像就沒有再回來了。

這是一個祥和的小鎮，也因為這裏有水。那條小河靜靜地流淌着，有時漲潮有時退潮。每年的端午節，都有插着五彩繽紛旗幟的龍舟從我家門前的小河走向大河。那也是我們家的盛事，因為每一年的這個時間，爺爺和我父親都會去參加比賽，也許兩人因為都是軍人出身，體格是壯碩的。外公也特別喜歡看龍舟，媽媽會提前一天和這附近的鄰居一樣，把自家的摺疊鐵椅放在小河旁芒果樹下，好霸佔個觀賞的好位置。那片溫柔搖曳的水波裏，龍舟徐徐而來，伴着鼓手的吆喝聲和芒果香，船身細細長長，龍頭和尾部高高地翹起，裏面有一隻無袖白底背心的肌肉型手臂，那是我的父親，我母親把一瓶礦泉水拋進龍舟裏，穩穩當當的。

外公肚子餓了，會轉移到我們家的陽台上，一邊吃粽子，一邊比手畫腳地繼續看龍舟，身旁還帶一個皮膚黝黑略胖的年輕女人伺候着。母親說那是外公做獄警的時候認識的，女人是囚犯，外公幫了很大的忙。母親還千叮萬囑我不要告訴外婆，說不知道的事情就不會傷心，並用了一個冰淇淋不費吹灰之力地把我收買了。即使外公已經去世了，今年和外婆去長鹿農莊遊玩時，我也不着一語。外婆常說：「你外公生前喜歡飲茶」，「你外公生前待人最真誠」，「你外公生前當監獄警官時很威風」。

清明節是我最自由的一天，因為父親說：「女孩子人家不可以去行清」，家裏只剩我一個人。雖然我從來沒有去過掃墓，可我卻很有經驗。因為白家俊家裏不是「行正清」，他有空，他說他要帶我去掃一次墓。那時候我們已經升初中了，老師說從高到矮地排隊進教室，恰好他就坐我旁邊。在歷史課上，老師在講台上說得眉頭緊鎖，我倆在下邊笑得不亦樂乎。全是因為一些諧音的名字：

「行得快」（彭德懷），「抽筋來」（周恩來），「牛雜東」（毛澤東）。如果是童言無忌，大概也沒有冒犯可言。取笑別人似乎是我們的共同興趣，坐在我後面的是一個奇怪有趣的男生，炎炎夏日的體育課上穿一件大毛衣；明明自己身材矮小卻交一個暴龍一樣叫「水蜜桃」的女朋友，這些都成為了我倆茶餘飯後的話題。是的，那時彷佛總有聊不完的話兒。

四月五日那天，白家俊叫我準備好燒酒、甘蔗蘋果和元寶紙錢，我倆開始了掃墓的行程（探險之旅）。我們的目的地就在山頂（白家俊家有四層，第四層是天台，也就是我們的「山頂」），我倆的祖先去世後就是安葬在這山上。我們在山腰做了熱身，準備好充分的體力去攀爬這座大山（白家俊的家）。在那條幽曲的小徑上（樓梯）往前走，一路上是濃密的大樹，沿路有一點點小小的光斑，迎面是青草悠悠的田地和池塘，到處是野草野花和蝴蝶，還有小鳥的叫聲。「你都看到了嗎？」「我都看到了。」「地面雜草叢生，你還是牽着我吧，我怕你會滑倒。」「好的。」

來到了山頂的墓碑（木牌子）。白家俊說一年過去了，看，周圍都爬滿了野草，把墓碑的一半都遮蓋了。然後他為墳墓培上新土，折了幾枝嫩綠的新枝（瓜棚裏面的葱）插在墳上。還像模像樣地把蠟燭（鉛筆芯）插在土裏。他說等蠟燭燒完之後，我們就能吃剛剛帶來祭祀的食物。他還按照了「太公分豬肉」的儀式把食物分給我吃。他說：「吃完我背你下山」（下樓梯），我一邊吃着清甜的甘蔗一邊答允着。

白家俊的父母待我如待家俊。我和家俊一起去「百花街」吃缽仔糕喝珍珠奶茶，一起「肚痾」（腹瀉），他媽媽給我買藥，還狠狠地把家俊打了一頓。我們去撿木棉樹掉下來的花，花朵紅若噴火，遍地可拾，他媽媽不嫌棄我倆無事生非，還說木棉花有藥效。我們快用完零用錢的時候，他爸爸總是叮囑我們：「錢用完了就回家吃。」八月十五中秋節那天晚上，我們圍在天台的圓桌上，一起吃月餅、芋頭和菱角賞月，彷彿是一家人，河面上蕩漾着月亮銀色的粼光。「月光光，照地堂，蝦仔你乖乖瞓落床，聽朝阿媽要趕插秧囉，阿爺睇牛佢上山岡，哦哦哦……」一群孩子飛快地在街頭巷尾跑過。

直到有一天，我父親龍顏大怒，似乎又把一切都徹底改變了。父親給他家裏打了一通電話，是家俊的母親接的。大概就是些：你憑什麼管別人的女兒……她年紀還小不懂事，把自己當成「雞」（妓女）也就算了，你為人父母怎能縱容事情的發生之類的惡話。洗澡的時候，我把媽媽放在洗衣盤裏面的蕾絲粉色內衣套在自己的胸部，當中全是空隙。母親在浴室外和爸爸吵得翻了天，媽媽說：「總有一天，你還不是要把女兒的手親手交給另外一個男人的手上。」家裏突然一片死寂。沒過多久，父親說香城的教育制度比較好，我們很快就搬離了。以前的日子被洗得越來越淺的時候，我收到了家俊從家鄉給我寄來的信：

我們一起買來寫日記的筆我快用完了，我買了一枝新的。記得以前你借給我的文具，我每次都不還給你，但當我用完的時候，我就捨不得扔，我會好好地收好它的屍體，因為我覺得只要是你的東西我就覺得很重要……你還有寫日記嗎？你在我家電費單上寫的字，我還留着。……可是我最討厭你戴粉晶手鍊之類的飾品，還說什麼可以增長愛情運，聽完直接想把頭往牆上撞……

還記得我們初中的時候嗎？我都忘記了因為什麼事情惹了你，你抓起我的書就往外扔，而我只是一時情急之下想抓住書，卻抓錯了你的手，我當時只是覺得你的手好滑，其他真的什麼都沒想……香城有「二寶果汁夾心糖」買嗎？其實那時候請你吃是因為我想告訴你，你和我的家人是我生命裏的兩樣至寶……以前老叫你看汪曾祺〈大淖記事〉裏面的小錫匠和巧雲，都看了嗎……我喜歡你傻傻地笑……算了，不提了，都是些陳年舊事。我只希望你不要那麼快長大……（他還女孩子似的，在信封上畫了一朵清淡的百合花，香極了。）

從夏到秋，秋去冬來。白家俊大概寫了幾封信，也收不到我的回音，就沒有再寫了。香城是一個節奏急促的城市，早上是一波波趕路的人潮。而我也忙着適應新的自主教學模式和空調呼呼地吹涼了的生活，適應長滿瘤的樹幹，和讓人看着心慌的吐露港。

記得有一次，在看無綫的新聞，爸爸說內地是一黨專政，因為這句話我們父女倆冷戰了幾天。因為我覺得爸爸言重了，我甚至覺得上中史課的時候老師說，紅軍長征其實只是被人追着打而已也是不對的。二〇〇四年，新聞上說三百名香城市民手牽手圍繞中區警署建築群遊行了一周，要求政府承諾建築群內的十八幢建築物「一間也不能拆」，我開始重新認識我城。

春節又到了，香城的家裏沒有設「神枱」，大概是地方太小，有煙霧還是難以驅散的。我們圍着吃一個冷冷的盆菜，住了幾年，鄰居是什麼人也不認識。突然有一位區議員叫我父親幫忙寫春聯，那是稀客。以前那是我最開心的日子，因為大年初一是我的農曆生日，爸爸會在年三十的晚上寫很多「賀年揮春」，就是一些吉祥意義的字詞。除了「恭喜發財」、「身體健康」、「年年有餘」，還有「生日快樂」和紅雞蛋。父親操一手毛澤東的草書，小時候我在練柳公權書法的時候，就想有一天我也許也可以像爸爸，寫出這麼天馬行空般的草書。春聯就這樣紅紅的貼滿一屋子。記得以前除夕的晚上，每個小孩子都拿一個慈菇，提着一個小燈籠在街上邊走邊唱：「賣懶，賣懶，賣到年三十晚。」

「有一些我們熟悉的將要死去，我們不熟悉的慢慢生根。」

芒果樹又開花了，爸爸說今年我們回鄉過春節，因為奶奶去世了。我沒有哭，我只想着也許能重遇白家俊。於奶奶，我沒有太多的印象。我只記得奶奶愛哭，奶奶說那年你爸爸偷渡去香城後，有很多人把我們家門前釘着的「光榮之家」牌子拆掉了，奶奶說着說着就哭了；奶奶還說小時候你站在陽台上等媽媽下班回家，那天你媽媽要加班，很晚還沒有回來。不知道是誰的惡作劇把一條蟒蛇放在你家的「鐵閘」那裏，嚇瘋了鄰居每天看管你的老奶奶，你爸爸當時跟我說：正月初一出身的女孩自己命硬，卻會「剋死」身邊最親近的人，這樣不值得啊。元春雖成王妃，後來賈家還不是出事情了。奶奶說着說着又哭了。

我說奶奶奶奶你別哭，政府修了高高的堤壩，再也沒有水患了。奶奶繼續哭着說，你爺爺命不好，這麼早就死了，我生活在這世上又有什麼意思呢。當時奶奶的頭髮有黑的有白的，每一游塵都帶一點橘子花香。

「爸爸，今年我想到山上拜祭奶奶。」

「現在不用爬山了，這幾年政府到處開墾山林，以前的墳墓都必須火葬後遷移到骨灰堂裏面，現在直接開車就到了，十分方便。」

「那一年幼兒園的『六一兒童節』，我抓的魚，奶奶有放鍋裏煮來吃嗎？」

「你忘記了？你站了很久都沒敢下去捉，膽小如鼠。」

「不可能啊，我記得我幼兒園的時候鞦韆盪得比芒果樹還要高。」

「沒錯啊，那時候的芒果樹還是幼苗呢。」

「爸爸，我幫你拔掉頭上的白頭髮好不好？」

「萬萬不可，你這麼一來，我不就成了光頭老頭子了。」

「爸，你不能去找奶奶哦，你答應過，要陪我一輩子的。」

「傻孩子，大概是我前世欠你太多了。今生你是來討債的吧。」

芒果樹長高了，小橋矮了，新刷上去藍藍的油漆還未乾，河上漂浮着幾尾白肚皮的小魚。這個城太小了，連我當年站在陽台上細細碎碎的影子都保留了下來。「淮水東邊舊時月，夜深還過女牆來」，那時候背詩的聲音還能在耳邊迴盪，小鎮的市中心轉移到「商業街」，以前三塊一碗的牛肉粥已經賣到八大元。我的小學成了老人院，我的初中已經變成了大規模的醫院。

看着醫院那個窗戶，我記得當年，我做過優等生，做了很久。做了差等生，做過一段時間。我最喜歡做「差生」的日子，每天就坐在教室裏，從那個窗戶看看天空，想想心事，等等放學的鐘聲。芒果青青的時候，老師會每人分一個，帶到家裏的米缸裏，很快就會黃了。我用奶奶的口吻向我身旁的丈夫訴說着，彷彿這是發生在「在很久很久以前」的童話故事。他輕輕地在我的臉頰上一吻，我想起了初中教室的窗戶裏，完成了我豐潤初吻的那個春天。我卻一把推開了白家俊，因為我早上查過：水瓶座今天——「危機四伏」。

# 菩薩低眉

那天，默默依然躺在床上等待母親在米飯香中的呼喊。落日如同飯桌上的蛋黃，為默默的房間鋪上了一層薄薄的營養。帶蛋白味的白紗睡簾裏，有一個纖洞細孔，悄悄地飛進了一隻嗜血的蚊，一縷禪味的蚊香裊裊上升……

傍晚時分，默默的右眼皮一直亂跳，「左吉右凶，左吉右凶」默默心裏嘴上都有不祥的預感。牆上的數字圓形掛鐘已經指向八點，可是客廳裏只傳來電視機發出的輕微的無意義雜音，讓人胸口悶得慌。嬰兒哭了，聲嘶力竭地哭。默默終於按耐不住自己，往客廳的方向喊：「可以吃飯了嗎？」

外面傳來母親嘶啞的聲音：「阿蟲五點出去洗澡，現在都什麼時候了，還不回來，知道全家人都在等他吃晚飯嗎？」沉默了片刻，一對男女在談話。低沉渾厚的男音說：「他是不是不想照顧你妹妹，悄悄逃走了。」然後是一把小雞般的女聲：「妹夫可不是那種人，大概有什麼事情耽擱了吧。」「一個清潔工能有什麼事情，出去洗澡說不好就是一個藉口。」男人暗暗把嗓門提高了。女人突然變得嬌聲細語地：「老公你這小人之心的，他也許是為家裏省省水費罷了。」大家哈哈大笑起來，客廳裏嘈吵了一下又沉寂了。

平時五點的時候，阿蟲都會留在家裏洗澡，六點時吃晚餐，九點做愛。時間在默默心裏比誰都清楚。默默掙扎着想坐起來，她慢慢地把身子挪動到木板床的邊沿。沒有床褥，床只有三十厘米左右的高度。她的雙腿到股肌肉萎縮，腰身以下剛好能碰到地面。可是腰椎間盤突出，一直無法起來，活像一隻不小心反了肚皮四腳朝天的小龜。母親聽到房間傳來聲音，習慣地走到了床邊，俐落地一手把默默扶了起來。默默的手關節扭曲，她用前臂肌肉推動着一雙木拐杖朝飯桌的方向走去。她低着頭慢慢前行，一步，一步。每一步必須走得很仔細，很認真。

好不容易來到一幅「送子觀音」的手工刺繡畫前。畫中觀音菩薩腳踏蓮花，懷抱紅色肚兜的幼童，垂目低眉。默默喃喃地祈禱：「謝謝觀世音娘娘大慈大悲，為我家送來了兒子，希望把阿蟲也平平安安地送回來。」母親越聽越生氣，開始抱怨：「阿蟲這幾天特別奇怪，比平常更疼孩子，抱在手上還不願放下來。我昨天和他大吵了一場，我就覺得孩子哭是正常的，經常這樣抱着孩子，會讓孩子以後一放手就大哭，不願睡覺，他這是寵壞了孩子。」屋外好像有開門時一大串鑰匙碰撞發出咖搭咖搭的聲響，默默的姐姐馬上開門，可是一個鬼影都沒有。母親突然大喊：「不好啦，寶寶在吐白沫，快報警啊，出人命啦。」

那天五點的時候，阿蟲拿了一套自己買的衣服，說回清潔公司洗完澡就回來吃晚飯。那天晚上，對於足不出戶的阿蟲，大家都覺得很奇怪。往後一個日子、一個日子的過去，沒有阿蟲的任何消息，打過去的電話已停止服務，大家都覺得他真的離開了。可是這一年時間是如何流逝的，默默記得很清楚。其實所有的記憶都隱含着一段消失的時間……

默默這孩子，能存活下來已經是一個意外。默默出生那年，母親病了很久很久，父親得了癌症同年過世了。母親從此覺得默默是一個八字五行剋父母的命格。為了化解，母親每逢初一十五，都會去寺廟燒香拜神吃齋念佛。八歲那年，醫生說默默得了小兒麻痺症，以後生活會很艱難。默默有一個姐姐，叫晶晶，那一年她剛剛大學本科畢業。母親為了照顧默默辭去了酒樓的工作，而晶晶剛剛畢業連自己也無法照顧，更不用說給家裏帶錢。母親想過很多次自殺或者殺死默默，好得到一個解脱。

有一次，母親夢見自己坐在默默的輪椅上，手上拿了一把西瓜刀，輪椅緩緩前進，一直駛進黑暗的房間裏，牆壁上的時鐘滴答一聲，自己砍下一刀，砍了一床西瓜汁，然後一刀刀往自己身上刮。又有一次，母親夢見默默在客廳裏推着輪椅，吱吱吱地走出去，吱吱吱地轉回來，自己站在女兒背後説：「我推你出去好不好。」金屬冷峻的交磨之音，輪椅一點點往樓梯上推，推到最高點，滾到最低點。母親也想過直接在默默熟睡的時候，割斷她的喉管，然後服安眠藥自殺。母親覺得無法支撐下去的時候總會胡思亂想，可終歸狠不下心。後來晶晶帶回來一本紫皮紅薯色封面的《聖經》給母親，每逢星期日都會叫母親去做禮拜，也不忘繼續吃齋念佛。母親的情緒似乎得到了雙重的安撫。一眨眼的功夫，默默已經是成年人了。

晶晶認識了她丈夫後，把一家人搬去了一間更大的劏房，算是一個套房，裏面有洗手間和廚房，勉強用木板隔出三個睡房。在香城幾百萬樓價的高樓大廈眼皮下生存，房子外面是亂糟糟的樓宇，破亂混雜的舊區街道，那些窄窄深深的黑路，那些走在路上啃着麵包的老人，和手上拿着豬肉和蔬菜背着孩子厚重書包的菲傭，大家步行匆匆又匆匆。唯一的人氣來自那間「靈糧幼兒園」，每天放學後傳出孩子興奮的笑聲。

默默在這殘舊的小房間裏，看着樓頂因為滲水，本來漆成的白粉牆一塊一塊凸起吊在那裏，後來甚至一小片一小片白嘩嘩地往下掉。默默覺得所有建築，好像都在以慢動作的姿態粉碎，倒下。默默雙腳無法行走，每天就呆在這個房間裏，她有時候會看漫畫書，更多的時候在睡覺，可是空間細小到令人心底常湧出一股鬱氣。默默二十七歲生日那年，晶晶買了一台電腦送給她當作生日禮物。連接上網絡後，默默很快就學會了，而且把時間都用在虛擬世界裏，大部分時間她都呆在一個叫殘障人士的群組聊天室。在這裏她通過一個網友認識了阿蟲。

網友雖是小兒麻痺症病患者，由於家庭環境比較富裕，很快就結婚了。阿蟲是一個健全人，由於經常到社區中心做義工結交了他。那次阿蟲幫他按摩着雙腿，表現得過於興奮地說：「我很羡慕你，如果我是殘疾人就好了。」可是他到底覺得阿蟲是一個良善的人，於是介紹了給默默認識。阿蟲每天晚上九點都會給默默打電話聊天。後來阿蟲叫默默把家裏地址告訴他，他就這樣第一次進了她的家門，也是頭一回見到默默，默默當時躺在床上。

母親同意後，阿蟲那天晚上吃完晚飯留了下來，第一次睡了默默。甚麼是幸福？默默覺得這次最幸福。如果愛可以量化為時間單位，這一年裏，她所得到的愛便等於一生一世。

那是默默的初夜。默默低下頭，臉頰紅了起來，右邊的嘴角微微上升，甜甜的汗水慢慢從默默胸前的溝壑中滲透進脫色發黃的內衣。月光把阿蟲額前剛剛冒出的水珠折射成千百萬粒小小的水晶球，默默覺得這是她的鑽戒。阿蟲一遍遍溫柔地親吻她的嘴，然後一直延伸到腿，默默第一次有如此強烈的被需要的感覺。愛的體溫和氣味，像一群精靈，在夜裏翩翩起舞。結束後，默默覺得整個下半身都好累，是那種暴力穿上灰姑娘玻璃鞋，大拇腳趾頭頂着鞋頭被迫扭曲成畸形的痛感。窗外天色從深藍到淺藍，已近微亮，默默忍痛等待並迎接了一個城市的甦醒。早安，親愛的。

做了第一次後，讓人覺得飽滿，包括乳房與皮膚的水分。默默發現現實的觸感比想像更為美好。從此每天晚上九點，成為默默最期待的事情，因為有做不完的愛可供殺死時間這個東西。每一次身體興奮時冒起的一股隱隱的暖流都讓默默感到一陣生活的快意。感到幸福時，默默微微發胖了，後來不來紅了，默默才發現自己已經懷孕三週了。還沒見肚子，母親已經常常說：「肚尖生仔，肚圓生女。」當然母親是強調後半句，她覺得女兒比較能照顧默默。有一次，默默趁母親出去買菜，偷偷試穿姐姐的紅細高跟，摔了一跤，輕易的流產了。

阿蟲沒有因此而責怪默默，他們從來都相敬如賓。不像姐姐和姐夫兩人，一吵起來廚房的碟子盤子乒乒乓乓地響。可和好起來，就像連體嬰兒般，一會出去看電影，一會去聽音樂劇，回家後總是滔滔不絕地討論。晶晶說那套《人鬼情未了》音樂劇的舞台效果很震撼人心，那道孔雀藍光讓人浮想聯翩，默默都聽在心裏。凌晨一兩點的時候，偶爾傳來旁邊房間姐姐的呻吟聲，阿蟲通常會嘰嘰咕咕幾句：「又換姿勢……花樣技巧可真多」，然後用枕頭捂着腦袋就睡。可是默默經常失眠，她想到姐姐那雙修長的腿直直穩穩地站在那雙紅色的高跟鞋上，而且大腿的皮膚上有白淨的纖維，讓默默非常羨慕。連那些吵架甚至那道藍光都讓默默感到嫉妒。

沒過多久，默默又懷上了孩子。母親希望阿蟲同意「入贅」，嫁入女家，把婚事結了。可是姐姐覺得默默有過流產的經歷，希望等孩子順利出生後他們才結婚。於是，一家人在家裏吃了一頓豐富的晚餐，當作慶祝兩人的婚事。感覺很莊重，也很壓抑。阿蟲向清潔公司請了半年的假期，希望在家好好照顧默默。還興高采烈地買了一幅「送子觀音」掛在牆上，他告訴默默，心誠則靈。默默相信，她喜歡時間在這刻靜止，永恆的。

默默的肚子脹大得像冬瓜成熟般一天比一天沉重。母親決定把默默送到醫院待產。在醫院的日子裏，默默覺得渾身不自在，她彷彿能感覺到大家的目光都在注視她窺探她，默默從未如此強烈地感到自己是個異類。默默聽到人們議論的聲量故意的壓低和偶爾發出的幾聲譏笑，像白蟻噬食牆壁肉身般讓人感到荒涼。默默問母親：「媽媽，你為什麼把我生得與別人不同？」母親沉默了下來，第二天母親把「送子觀音」帶到醫院。默默開始與觀音菩薩傾訴，觀音低眉垂目，靜靜地傾聽，她感到很安心，是被尊重的感覺。沒有人知道，默默跟觀音究竟說了什麼秘密。

醫生說「恭喜你們，大小平安」的時候。阿蟲想馬上復工。但回去清潔公司後發現已被解僱。在這座城裏，所有人都像螞蟻般行走於路上，辛辛苦苦地生活，包括阿蟲，回家的路上他決定把這個秘密藏在心裏。往後他每天呆在家照顧默默洗澡穿衣，雖然默默的母親會偶爾悄悄地壓五百塊在飯桌上讓他拿去用，可是阿蟲覺得比上班還累，壓抑像黑沉沉的海底冒起的小水泡。深夜，城市累了，阿蟲也累了，他對默默越來越粗暴。

默默生了小孩後等了很久，還偷偷託了姐姐給她買來那套蕾絲緞帶蜜粉橘內衣。她迫不及待地想解開乳罩的鈕扣，可是手沒有力氣，是夾娃娃機的夾子那種無力感。阿蟲右手大力地捂住了默默的嘴，左手不停地拍打她的腿。然後舉起默默的腳，一個腳趾頭一個腳趾頭地吮吸，碰到扭曲變形的骨節，阿蟲更賣力了。連扭動腳部關節發出的喀喳聲音，都讓阿蟲感到享受。雖說默默腿不能動，腰身也沒有力氣，任由阿蟲擺佈，但默默喜歡看着阿蟲專注地有點詭異的眼神。阿蟲像一條蚯蚓般蠢蠢蠕動，慢慢鑽進草根和濕潤的泥土裏。

阿蟲早洩了，可是還是很滿意很驕傲。畢竟五十多歲的人了，阿蟲覺得性功能減退也是正常的。默默親吻了一下阿蟲的嘴唇，感覺像碰到一塊梳打餅乾般，毫無水分。可是默默喜歡聞阿蟲身上的味道，是那種漸漸蒼老的歷史氣味。默默覺得時間是一件好東西。阿蟲有點不耐煩，翻轉了身子背對默默，馬上睡着了。樓頂那白漆粉末靜靜地往下掉，小小的一片像默默家鄉的雪花，默默用指尖碰到了雪花，就碎裂了，默默不禁悄悄流下了眼淚。這是阿蟲最後一次碰默默。

早上的暖陽，恍恍惚惚了世界，讓人無法面對人世的真如實相。默默不知道阿蟲這幾天一直想着他姐姐麻雀希望他離開自己的事情。阿蟲睡不熟，早早就起來了抱孩子，這幾天都是這樣。看着孩子精緻的五官，鄰居說鼻子最像他，高高挺挺的，他覺得很高興，最讓他感到興奮的是老來得子。阿蟲抱着孩子，孩子剛出生幾個月，脖子的骨骼很脆弱，軟軟地垂在他的手腕後方，感覺馬上要掉下來似的。阿蟲突然覺得一陣噁心，感覺像孩子他媽的腿，做愛的時候碰一碰感覺就要斷了。阿蟲馬上把孩子放回了默默母親的床上。

他想去小便，洗手間裏那張小板凳摔了他一腳，他馬上破口大罵：「你能不能每天洗澡後收拾好你的東西。」那是默默洗澡時坐着用的，她的腰沒有力氣，需要椅子的幫助。阿蟲看到木凳子上面有一條又粗壯又長的陰毛，那一定是默默的，他一想起來突然想吐。他昨晚就決定了今天晚上離開這個家，他現在最擔心的還是孩子，醫生說由於遺傳的問題，孩子還是要多加留心。阿蟲想過把孩子帶走，可是他現在失業了，以後也未必有能力給孩子供書教學。把孩子留給母親，阿蟲也不情願，以後默默跟哪個男人好上了，孩子不就亂認爹。可是不管怎樣，他已經鐵了心今天晚上必須走。

五點的時候，阿蟲只拿了一套衣服，說要回清潔公司洗澡，六點回來吃晚飯。那天晚上，大家等到八點，阿蟲還沒回來，一家人就忙着把吐白沫的孩子送去了醫院。醫生說是誤吃了農藥，可是藥量很少，並沒有生命危險。可是默默還是非常生氣。默默那天好像發了瘋似的，衝着姐姐大喊大叫：「如果你把腿給我，阿蟲是不是就不會離開我了。」

晶晶感到很難過，為妹妹抱打不平，決定把阿蟲告上法庭前，從默默那個殘障人士朋友打探到阿蟲家的地址。阿蟲看到晶晶後，平靜地開門了。房子的樓頂因為煮食的關係，變成炭黑。這裏每觸摸的東西都是骯髒而油膩的，感覺就是一個堆放雜物的地方。而且靠近水坑，蚊蟲非常厲害。但有一尊用陶瓷做的觀音菩薩發出異樣的光。她的頭頂披白布，額前頂戴阿彌陀佛像，彎彎的眉尾，身上穿着素衣，一手持楊枝，一手拿淨瓶，坐蓮花之上。

晶晶問：「你這混蛋，為什麼想要用農藥毒死孩子。」阿蟲變得有點激動，他衝着晶晶大叫：「我沒有。」晶晶感到愕然，「你為什麼要離開默默……」家裏死寂了下來。突然唯一一個房間裏，傳來幾聲乾咳聲，像與沙粒互相沖擦的聲響。阿蟲走了進去，「爸，哪裏不舒服了。」晶晶看到房間最深的角落裏睡着一個男人，面無薄肉，瘦可削骨。頭上新長出了薄薄的頭髮，一雙充滿怨恨的眼睛凸出，好像要剝人皮似的。脖子瘦削修長如竹枝，身上穿着一件薄薄的灰色外套，雙腿卻如死硬硬的椅子前腳和後腳。「爸，我已經好累了，你能不能為我省點事。」阿蟲抱着一堆衣服和床單走出房門，對晶晶說：「不好意思，他又把尿布給扯開了，用床單捂着小便。」

原來阿蟲的母親在他剛出生的時候就過世了，與父親和姐姐麻雀相依為命。有一天，父親手腳不協調摔倒在馬路上起不來，被路人送去醫院後，醫生說阿蟲他爸腦裏的腫瘤又發作了，幾年前因為腫瘤壓着很多重要的神經而沒有完全切除乾淨。這次必須再做手術。手術是成功了，可是腦袋影響了下半身，就這樣癱瘓了，日常所有都需要人照顧。

後來一切人事物彷彿被姐姐罩着，靜而不動，復歸原位，也沒有再提控告的事情。而默默每天還是需要躺在床上，若不睡，開始懂得低頭看有字的書。也在網上開了個網店賣東西。阿蟲雖然離開了，可是默默覺得他們之間有着某種隱隱的牽連，即使空間阻隔，她仍然能感受到他仍在床邊，不離不棄。她也能感到自己的寶寶一定會慢慢健康成長。在門外、牆頭、水邊、小橋上流連玩要。窗外傳來「靈糧幼兒園」孩子的笑聲，默默覺得「我的孩子也該放學回家了」。

默默希望等網店賺錢了，可以買一部電子輪椅，自己出去買飯菜，接自己的孩子放學。雖然躺着也可以通過窗外人來人往的聲音想像外面整個世界，可是默默現在覺得畢竟不一樣，默默想走出去。這段時間，樓頂的白灰越來越嚴重，飄落在阿蟲的衣服上。那是默默姐姐給他買的，阿蟲當時說：「我做一份清潔工，不需要這麼昂貴的衣服，人家看着會笑話。」默默想：原來是下雪了，難怪日子這麼冷。在漆黑的夜裏，默默的世界裏會出現隱形的遊樂場，有幸福的摩天輪，旋轉木馬，小孩子吹的肥皂泡……一個男人像魔術師一樣，突然變了一支臉龐般大的波板糖給她。每當九點的時候，默默還會偶爾在想：不知道阿蟲此時此刻是不是也在想着她？可是阿蟲沒有，他自己有辦法解決需要。

天黑有雨，而且是滂沱大雨，灰濛濛的一片，不見天日，孤獨的空氣，滲滿地球，誰也逃不過。阿蟲父親睡覺了，阿蟲呆在電腦前搜尋小兒麻痺症的圖片。看着那肌膚下面特別扭曲的構造，阿蟲感到一陣興奮，模模糊糊的性慾意識仿似一陣夜霧在眼前繚繞不去，那本來軟垂的黑皺皺的陰莖挺直了。他想起姐姐麻雀說的那番話：「你交了幾個女朋友都是殘疾人，你確定你這次是真的愛上默默了？」上上下下，來來回回幾下子，阿蟲又早洩了。

# 母牛

我叫Amita，自從母親五十歲那一年信奉了印度教開始，她就這麼稱呼我了。在她生前，常常逼我念一堆莫名其妙的圖拉茜頂拜禱文。我每次都不知道是什麼意思，可在她眼裏，我彷彿看到滿眼的繁華景象。

Hare Krishna Hare Krishna
Krishna Krishna Hare Hare
Hare Rama Hare Rama
Rama Rama Hare Hare

母親每天的念念叨叨，可謂把我的日子散碎了一地。每當我聽得不耐煩的時候，我都會想要逃離這個所謂的「家」，像當年父親頭也不回地離開一樣。家如果是兩個相愛的人休息的地方，那該是爸爸媽媽、父親女兒、男人和家具、女人和鏡子，還是其他？我一開始以為，那其實是母親和Krishna。

是的，在母親眼中，奎師那（Krishna）是最重要的。母親每天早上四點就爬起來，最初的時候，我常常被一種晃盪發出的金屬聲響所吵醒。有一次，我偷偷地拉開那塊蓮花色的簾子。登時被母親的舉動嚇了一跳。只見她手上拿着一個聖誕裝飾般的鈴鐺，對着神壇，一邊搖一邊念念有詞。突然啪的一聲巨響，她已五體投地趴在地上，手中的鈴鐺繼續發出叮鈴叮鈴的聲音，嘴裏依然嘀咕嘀咕地念着咒語：

Nama om visnu-padaya krsna presthaya bhu-tale

那瑪 歐嗡 維施努 帕達亞 奎師那 普瑞 斯塔亞 布它類

Srimate bhaktivedanta-svamin iti namine

施瑞瑪提 巴克提維丹塔 斯瓦民 依提 那米內

這些所謂咒語，後來我是在書裏發現它的意思的，這是說：「我虔誠頂拜聖恩A·C·巴克提韋丹塔·斯瓦米·帕布帕德，他皈依了主Krishna的蓮花足，主對他十分親切。」說起蓮花足，故事要從母親那個巨大方型區域的三層神壇講起。

母親的神壇最上面放着一幅畫：是一個青青的森林，暖和的陽光灑落樹枝，從葉子的空隙中透出光明。在蓮花和一群牧牛姑娘的簇擁下，一個佩戴着金色項鍊、打扮得美輪美奐的男子（Krishna）在優雅地用纖纖玉指吹奏着笛子，母牛豎起了耳朵聽得如癡如醉。中間一層站着兩個在舞蹈的牧牛姑娘銅像，她們把雙手與肩同寬舉起，手掌像蓮花的花瓣般綻開，如托起一個高高在上的神明。最下面一層不是擺着爺爺的遺照，也不是供奉香燭等祭祀品，卻安放着奎師那的銅像和母親常用的那個鈴鐺。康乃馨錯落有致地撒滿在第二層和第三層，有淺粉色的，有純白色的，更多的是蛋黃色的。因為母親說奎師那最喜歡黃色。還有一串乾乾的康乃馨花圈，掛在奎師那的脖子上，發出神秘的罌粟花香。

母親從不允許我碰她神壇上的任何東西，在供奉的時候會用一塊簾子把神壇的四周圍起來。我記得在聖誕節那天晚上，依舊是那個懶洋洋的月光。我悄悄偷了母親平時用的那個鈴鐺在玩，我想麋鹿聽慣了鈴鐺聲，一定能引導聖誕老人過來送禮物給我。誰知吵醒了隔壁的母親，她二話不說衝進了我房間，啪的一聲一巴掌打在我右邊的臉上，感覺一陣熱燙燙的。那天，我看着鏡子裏的自己哭了，我好想父親在家裏的日子，他每一年都會記得送我聖誕節禮物。可是自從父親搬離這個家後，一切都改變了。晚上我做了一個奇怪的夢，我一直往前走，沿路我只看見雜亂的荒草，一直往前是無限延伸的枯樹，還有很多很多的墳墓，我向墳墓裏一個人問路，我想知道母親的墓碑在哪裏，那人沒有聽說過，我繼續往前走，沒有回頭。第二天起來後，我無比疲憊，像趕了一夜的路。

日子過得像隔夜油條般濕濕黏黏。父親離家出走後，母親依然每天早上把奎師那放在一個圓型銅盤上。用銅碗盛來水，然後倒入一點點「恒河水」。先用銅勺子把水餵入奎師那口中，幫他漱口。然後洗手洗臉，最後洗Krishna的「蓮花足」。母親每天早上和晚上都會做這個儀式，而且樂此不疲。甚至在生病的日子也會爬起來完成。最讓我討厭的是每次幫奎師那洗完臭腳丫的水，母親都會逼我把它喝掉，她常常說這是「蓮花足水」，是一種珍貴的聖水。

母親說的「恒河」其實指從蓮花足流出來的聖河，我聽父親罵過母親：「這簡直是胡說八道。」其實我知道這所謂「恒河水」是圖拉茜葉子泡出來的水而已。因為我看到母親在她的小陽台上種了圖拉茜葉子，她通常摘下後會用一個小銅網放着，把葉子曬乾後裝到銅罐子裏，每次供奉Krishna的時候，母親都會放一小撮到水裏，有一種神秘的鴉片香。

母親種種「奉愛」，我可是看在眼裏。當年父親中風，躺在醫院蒼白的床單上，都沒有那種待遇。母親當時常常往外跑，說要和一個朋友做一件很重要的事情，就草草地把父親丟在醫院。父親痊癒後回到家裏，「家」已經不是原來那個「家」。母親常常逼我和父親一起供奉Krishna，一起念禱文，一起吃齋菜。特別是因為吃牛肉這件事情，父親和母親大吵大鬧了一番，父親才搬離這個家的。

其實這也無可厚非，吃了大半輩子肉的父親無法接受往後只能吃蔬菜的生活，還得是指定每天供奉過Krishna、提升了靈魂的蔬菜才能吃。而且父親原來是無肉不歡的廣東人，他以前常說：「天上飛的地下爬的，樣樣我都愛。」為了吃肉，父親可是下了狠話，必須在「邪」教和他之間二選一。母親顯然有點冷漠，她口中念念有詞：「當我（奎師那）降生為人時，愚蠢的人對我冷嘲熱諷。」父親當然知道「愚蠢的人」是指他自己，一氣之下，也就真的離家出走了。

父親離開這個家後，那個在父親中風的時候常和母親往外跑的朋友變成了我家的常客。有時候他和母親一起念禱文，有時候一起讀一小段的《聖典博伽瓦譚》，有時候一起念珠，從一開始一天念十六圈，到後來一天可以念上一百二十圈。更多的時候他們在談天說地，而且都是一些生活的事情，我常常豎着耳朵偷聽：

「最近身體好不好？」母親溫柔地說。

「好啊，就是天氣乾燥了，我的喉嚨有點痛。」那個男人說。

「我去給你拿點蘆薈，上次我自己喉嚨不舒服切了一小塊，含在嘴裏，很快就好了。要不要拿一棵小蘆薈給你回家種？」房間裏傳出腳步聲，卻又突然停住了。

「哦，不着急，對了，你最近還做不做噩夢？」男人把聲音壓到了很低。

「……」母親嘀嘀咕咕地說着，隨後又是一陣安靜。

母親突然已經站在房門口，她狠狠地瞪了我一眼，我頓時被嚇了一跳，馬上跑回自己的床上。我知道這個朋友一定是說服母親信教的人。母親有說過，他也是信奉奎師那的，他的太太以前常常去澳門賭博，贏了錢後不斷地買名牌衣服，生活過得很奢華。可是沒有想到有一次輸得很慘，被黑社會的人把她內褲都脫了，放在他跟前。後來他堅決和老婆離婚了，現在單身一人。

母親更多時候討論的是Krishna，她常常逼我去理解很多我不願意知道的東西。她最喜歡跟我談生死輪迴：

> 體困的靈魂，在軀體中，
> 經歷童年青年，終至老年，
> 死後離開這軀體，到另一軀體去，
> 自覺的靈魂不會為此變化所眩。（博伽梵歌2.13）

她覺得Krishna的經驗就是真理，她堅信她是一個進入了這個身體的靈魂，而下一生，她則可以進入另一個身體。可能是狗的身體，可能是貓的軀體，可能是帝王的肉身。所以她不斷地念珠念禱文洗滌和修煉自己，她相信這樣做的話，Krishna可以保證她下一世為人，而且不僅為人，還能投生在奉獻者之家或富貴人家，不用像今世一樣做牛做馬般地生存。可是我一直覺得，只要機器上顯示出來的腦電波嘟嘟嘟，直到完全平坦時，我就死亡，我不在乎我下輩子是什麼，最重要的是今生今世活得快樂。母親常常嫌棄我在物質世界裏生存，她嚮往的是Krishna的靈性世界。

對於她的語言和舉止，我畢竟是受過教育的人，覺得每個人都有自己的生存方式。但是我們還是經常會無可避免地吵起來。那天中午我們又為牛肉吵架，母親把午餐端來，把飯桌上的康乃馨盆栽和藍綠色的孔雀毛扇子挪開。放上冬菇辣椒炒茄子，節瓜白菜炒紅蘿蔔，和一個牛奶番茄湯。母親依然是先用一個碗把飯菜盛好，先供奉給奎師那享用，今天還剝了龍眼給Krishna吃。

「媽媽，今天是爸爸生日，我想吃爸爸最愛吃的番茄牛肉飯。每天瓜炒瓜，菜炒菜的，很膩呢！」我那天都不知道是哪來的勇氣，把積壓在心裏的話說了出來。「你就不要再說了！我們是絕對不可以吃牛肉的！」母親當時一副不容置疑的樣子，這讓我有點憤怒，我一把撕下她的日曆，然後讀起來：「九月三日，茹達生日，戒食中午；九月七日，Bhaktivinoda Thakura 生日，戒食中午。九月八日是父親生日，你怎麼就沒有寫下，你還記得父親生日嗎？你簡直是走火入魔了。」

母親緩緩地說：「Amita ，你要知道，奎師那愛眾生，最愛的是母牛。他常常抱着母牛，還會和她一起午餐，一起玩樂。而且母牛提供牛奶給我們，母牛相當於我們的母親啊。我們是絕對不能吃牛肉的。如果你吃了，你要自己承受後果的，這就是因果。」母親不但沒有正面回答我的問題，還說不要鬧了，過來一起把儀式做完才可以吃飯！

我當時雖然憋了一肚子的氣，可還是拿了紫色的坐墊子放在地上。母親和往日一樣，扭開錄音機播放禱文，然後手中抓着一個海螺，靠在嘴邊吹，一陣彷彿來自大海的風聲，宣佈儀式開始。然後我們五體投地跪在墊子上，口中又開始念：

Hare Krishna Hare Krishna

哈瑞奎師那 哈瑞奎師那

Krishna Krishna Hare Hare

奎師那 奎師那 哈瑞哈瑞

Hare Rama Hare Rama

哈瑞 茹阿瑪 哈瑞 茹阿瑪

Rama Rama Hare Hare

茹阿瑪 茹阿瑪 哈瑞哈瑞

其實Hare是對Krishna靈性的稱呼，而Rama則代表一切快樂的源泉。母親說這是一首頌歌，像小孩喊母親時那樣純真地呼叫。它可以帶我們進入靈性境界，通過對主靈性的呼喚，請求他保護我們的靈魂。母親還說過念誦這禱文可以提升我們的生命，除去我們內心的積塵，我們就像一個墨水瓶，不斷被沖洗乾淨。

我拿着兩個用藍色繩子連接起來的圓形小鐃，用一二三、一二三、一二三的節奏配合唱誦，一直互擊。隨後母親會先燒一支蠟燭，火焰來到神壇上的Krishna面前，然後來到我的面前。接着母親會把洗過蓮花足的聖水撒在我的頭上。最後用棉枝沾上康乃馨的花汁塗在我手上叫我去聞。音樂停了，一套頂拜儀式才算結束。通常每次都超過二十分鐘，牛奶番茄湯的牛奶和番茄往往從融合到分離的過程已經完成，牛奶凝固成一朵朵類似蛋花的固態，讓人十分倒胃口。

後來我真正和父親一樣離家出走是因為……

那天中午很熱，母親的朋友坐在飯桌前。母親沒有戴奶罩，在透薄的衣服下，母親小小的乳頭若隱若現，雖然乾乾扁扁瘦瘦小小的，可是還是很容易讓人產生遐想。我分明看到那位叔叔的眼光一直盯着母親的乳房。母親卻不以為然，手中拿着聖恩A·C·巴克提韋丹塔·斯瓦米·帕布帕德關於《奉愛的甘露》講座讀着：「在夜深人靜的時候，當奎師那的笛聲響起，牧牛姑娘們都會扔下自己的丈夫，離開他們的父親、兄弟、孩子和所有的一切，奔向奎師那，來到森林和他幽會。」

叔叔明顯有點激動，馬上搭話：「那是uttama bhakti（最高級的奉愛）啊。我們的道德和不道德的標準是看奎師那是否滿意，有時候看起來好像是一種罪惡的行為，但是如果是為了滿足奎師那，那每樣東西都是被允許的。書中的內容，我有記錯嗎？」母親羞澀地低下了頭，像新婚的媳婦。

我無法再忍受下去了，我當時啪的一聲放下碗筷，摔門而出。那只是一對以神之名在苟且的狗男女罷了。這個事實，讓我感到無比的羞恥。晚上的時候我才悄悄地回到家裏，母親已經睡着了，門是關着的，大概叔叔今晚留在我們家裏睡，要知道母親平時從來不把門關上。回到房間後，我一直無法入睡，腦海裏都是母親中午時候的樣子。當天晚上我做了一個噩夢：在一個綠油油的草原上，母牛的大奶奶圓滾滾地在晃啊晃。肌膚雪白的雲勾引另一朵放蕩不羈的雲，然後交歡。母親把自己的衣服像性感的蓮花瓣般一片片剝開，她用溫暖的體溫和一個人在互相安慰，那雙峰如球一樣滾燙的愛情。那彷彿是一個不穿衣服的季節，可是我在夢裏清楚知道，那男人不是父親。過了幾天，我在外面租了一個劏房，就離家出走了。往後發生什麼事情，我也真的是什麼都不知道。

一直到母親死後，叔叔找到了我，我才知道……母親在臨死的一刻，還在信守着諾言，包括對上天的。

「Amita，你去拜祭一下你母親吧。她一直有苦衷。你父親中風那年，你母親剛好五十歲。那天我在你家門口傳教，醫生說你父親大概不行了，你母親很傷心，問我是不是信奉了Krishna你爸爸就能沒事。隨後她不斷禱告祈求奎師那，說只要能讓你爸爸活過來，一定會畢生全心全意地愛神。」此刻叔叔的聲音如鑽刀般劃過玻璃的平面，讓人感到刺耳而難忍。

「那為什麼父親痊癒後叫媽媽不再相信印度教，她都不聽。既然媽媽真的這麼愛我爸爸，為什麼還要堅持？」我反問叔叔。

「大概人世間有一個秩序，天上人間大概也有一個秩序。在你父親痊癒後，你母親也嘗試過放棄，後來她又找到了我，說她每天晚上都做噩夢，經常被自己大叫一聲而嚇醒。你媽媽說大概答應了上天的事情，一定也要做到。」

叔叔含淚說。

「你就不要再騙人了，你以為你和母親的苟且之事，我會不知道嗎？我媽相信印度教就是因為你相信吧！」我毫不留情地質問他。

「哎，我們之間是清白的，不管你相信不相信。Krishna不但不喜歡我們吃肉和賭博，他還對於非法性行為非常厭惡，Krishna說結婚了才是合法，如果是婚外的就是非法，這是要下地獄的，我們從來不敢。而且我的確也有問過你媽，要不要和我結婚，可是你媽說她心裏一直裝着一個人，她不離婚也是為了讓你有一個完整的家庭。」叔叔語重心長地解釋。

回想起這麼多年過去了，記憶伸出黝黑的雙手，一條一條皺紋幫我黏在眼角。我想起每次和母親吵架後，我都會用不同的方法去觸怒她。有一次，我帶了前男友在房間裏幽會，他就像解開我背部的拉鍊那樣解開了我。那天外面下很大的雨，雨聲又密又快，還有汽車鳴笛的聲音，母親在客廳念禱文：

Hare Krishna Hare Krishna

Krishna Krishna Hare Hare
Hare Rama Hare Rama
Rama Rama Hare Hare

我故意把呻吟的聲音放大幾倍音量，蓋過母親的聲音，當時我聽到母親哭了。現在回想起來，如果真的有輪迴，我希望母親的靈魂那時就在我的子宮裏。

# 咒詛

## 一．死去

基督既為我們受了咒詛，就贖出我們脫離律法的咒詛；因為經上記着：「凡掛在木頭上都是被咒詛的。」（加拉太書3：13）

鹹濕的海風吹起密密麻麻的鬼針草，把微痛帶到屋裏。窗台上有還未被打翻的盆栽，冰箱裏有將會過期的「十字牌」牛奶，一隻還沒摺好的白天鵝躺在《聖經》的內頁上。「叮鈴、叮鈴、叮鈴」，十隻小天鵝串成的風鈴在風尖上跳舞。

「鈴、鈴、鈴」，客廳的電話鈴聲響起。醫院打來通知她，港安突然全身抽搐並休克，要馬上從普通病房轉移到深切治療部。明愛以為有神靈的守護，一切咒詛就像含在嘴裏的冰塊，始終會被口腔的溫度所融化，然後消失。她放下電話的右手開始顫抖，摸到乳溝之間純銀方柱十字架項鍊時，才從每秒十次的顫動頻率退回每秒一次。她默默閉上雙眼，雙腿下跪，雙手合十地做了一番禱告，卻還是有一種被堵塞了心臟內部冠狀動脈的感覺。

被問號填滿的屋子令人感到窒息，明愛無法馬上把所有的疑問句改為設問句，她只能帶着發黃了的情緒一直往前追溯。她和港安在十年前結婚，生有一子，兒子在基督教學校讀書，港安很愛他，可以説婚後生活和順美滿。按照港安的説法是：「我現在可以幫所有樹木和花朵取名，和白雲小鳥嬉笑，與天父説話，我的心充滿喜樂，我能做一個快樂的人。」明愛深深知道快樂對於丈夫而言是奢侈的，剛認識的時候，他是一個長期憂鬱症病患者。

時間把人囫圇吞棗地吃掉，通過大腸小腸的消化後排出來的糞便，就是港安的童年記憶。當港安一出生，父母知道他是一個男孩的時候，就把他扔去了鄉下的外婆家。一直到他上幼兒園的時候，才第一次知道他父親長什麼樣子。那天他拿着一隻用草繩綁着的豬眼睛，沿着蒸雞蛋的香味往家裏跑。在院子裏，他看見一個印堂有懸針紋的陌生男人，外婆説：「叫爸爸。」他迅速躲到了外婆的肥臀後，用豬眼睛去瞄他。男人鼻孔放大了一倍，隨後拍拍身上黑色的西裝，好像豬排泄物的異味已附身，皺了皺眉頭就走了。港安悄悄對外婆說：「肉檔叔叔說送豬眼睛給我吃。」

幼稚園坐懸在山頂，是一座唐式木構建築。其實就是一個唐代佛寺，屋頂平緩，板門櫺窗，古樸端麗。可惜在清末民初的時候，由於戰禍頻生，這裏一度住滿了土匪，成了土匪寨，後來才變為幼稚園的。上課的時候，港安常常聞到院長那隻黃狗的糞便味。如果流浪的彩虹在雨後出沒，還會夾有小草的腥臭。港安常常想起那個陌生男人身上的黑色西裝，他想知道衣服的背後是一個怎樣的世界。當他可以瞭解的時候，已經該讀中學了，那一年弟弟剛出生。

雨季的氣味滲入屋子，港安的「紅白藍」行李膠袋有水珠睜大澄澈的眼睛。他最記得父親開門對他說的第一句話是：「以後好好照顧你弟弟。」港安似懂非懂地點了點頭。港安期待了這麼久才能走出土匪村，他立志要好好地讀書，將來也穿上黑色西裝，像父親一樣。那天港安興高采烈地拿着成績單跑回家，他想告訴爸爸，他數學考了九十九分。可是父親一臉冷漠，淡淡回應：「這沒有什麼用，有時間幫媽媽看管弟弟。」港安覺得很難過，幸好母親跑過來安慰：「你爸爸以前讀書很厲害，每次都是考一百分，他想你更有出息。」

平常的日子，兩父子更是零交流。反而弟弟常常被父親又摟又抱。更多的時候，港安覺得自己連弟弟的尿布都不如。在父親被派去內地工作的前夕，本來慈愛的母親也變得無比猙獰，爸爸開始常常醉酒回家。去雲南昆明的前一天晚上，父親又喝得爛醉如泥，母親向他告狀：「港安今天把麥當勞的番茄醬抹到弟弟的衣服上。」父親突然像發了瘋似的，拿着一根直徑兩厘米的木棍就往港安頭部打。摸着滲血的頭部，港安當時恨不得父親去死，整整詛咒了他一個晚上，用盡了所有惡毒的語言：「巴不得他出街被車撞死，走路摔死，喝水嗆死，吃飯噎死。」

沒過兩天，家裏就收到一個從內地打來的陌生電話，說父親得了怪病死了，那年父親才四十歲。港安開始後悔自己對父親的詛咒，母親反而平靜，她說：「時候將到，且是已經到了。」可是往後的日子，就是苦不堪言的。雖然母親獲得父親公司的一筆賠償金，但畢竟弟弟還小，港安才讀中學，只能省吃儉用。港安一直覺得很內疚，後來他拿了很多次一百分，也順利考上了香港有名氣的大學。但是一百分這種社會的標籤與家人的期望，一直壓抑在他最深處，成為無法癒合無人知曉的一道傷口。

生活依然是一潭腐臭的死水，以前是，現在也好不了多少。行人擠滿金鋪，金鋪擠滿街道，街道擠滿城市。踏入了大學的港安，更沒有快樂可言。為了打工賺錢維持母親和弟弟的日常開銷，他常常翹課，出席率都是同學幫忙偽造的，這樣期末才能考試。慢慢地，在group project上，同學們覺得他是一個free-rider，於是也疏遠他，不願意跟他合作。成績也不像中學的時候那麼優秀，母親也由此蔑視他。他開始感到古墓底下的人與葬品都在慢慢甦醒並朝他揮手，他向他唯一的朋友F說出了這種感覺。

F是基督徒，他鼓勵港安禮拜日去教堂誦經，他說那裏有很多弟兄姐妹都是真心誠意地和你做朋友。港安說禮拜天是他最忙的時候，他要上班。其實他內心是不相信的，感覺這只是一個很遙遠的童話而已。那天晚上，F手上拿了《天父的愛》和啤酒去港安宿舍，港安外出幫中學生補習還沒回來，他的宿友也常常去女朋友宿舍睡，經常不回來，F決定留下來等他。港安回來的時候已經是深夜，F突然抱着他的腰哭了起來，原來F失戀了。可是港安第一次被人這樣抱着，突然覺得這是人間，這是白天。

宿舍門鎖着，彷彿一滴夜色也絕不能從緊閉的門縫間漏一點進來。冷冷的藍色月光從窗戶逕直而入，鋪滿港安的床單，喝了啤酒的他們各自入睡。港安突然有一陣尿急的感覺，他才發現拉鍊已經拉開，陰莖露了出來，一股寒氣爬到了他的睾丸。宿舍的門不知何時打開了他的血盆大嘴，F已經不見了，空氣中有精液的味道。他不知道發生了什麼事，就這樣一直躺着，漸漸消失了對時間和空間的感覺，實在憋不住了，在床上撒了一泡暗黃色的尿液。

港安就這樣睜着眼睛一直到天亮，只有鐘錶上秒針移動的聲音令他意識到自己同時存在着心跳。過去的過去，突然又跳到他的眼前。那時候他在鄉下的外婆家附近一個田野裏，小草有一丈高，無數翅膀透明的蜻蜓在低飛。一個陌生男人逼他跪在自己的胯下，褲褪到腳踝的位置。一隻大大的手掌按着他的頭部，指甲縫裏積着深黑色的泥土和草屑。手掌的皮膚很粗糙，像與大地來來回回上上下下前前後後磨擦了很多遍一樣。很快港安聞到一股像糞便一樣的精液味。

港安開始怨恨自己，為什麼我什麼都做不好，為什麼我這麼糟糕，為什麼我沒有朋友，為什麼不幸都發生在我身上，為什麼父母都不愛我，為什麼我沒有價值，為什麼我不被肯定，為什麼我要被欺壓，我來到這個世界究竟為了什麼，為什麼，為什麼，為什麼，為什麼。把很多「為什麼」吞進體內，港安有想嘔吐的感覺，和第二次去找父親在車上不適一樣。

當窗外射入像熟透的紅毛丹顏色一般的太陽光，在玻璃的折射下，港安無法睜大眼睛。他狼狽地拉上褲子拉鍊，想起來去上班，才發現自己完全無法坐起來，身體上的肉一堆一堆地癱瘓在床上像沉沉的記憶，沒有知覺也毫無力量。港安掙脱想起來，陽光開始慢慢有了燒烤的燙味。他開始向宿舍的門口方向呼喊：「請問有沒有人可以幫我叫一輛救護車，請問外面有人嗎，請問……」港安的呼喊，正好讓經過的明愛聽見了。

進來的是一個素衣少女，在陽光下港安覺得自己遇見了一座觀音菩薩，竟安然地暈過去了。港安再醒來的時候，一個白袍和一個素衣站在床邊。醫生說：「你沒有什麼大礙，我們醫學檢測不出你有任何身體上的問題，不過我們會轉介你看精神科。」港安很冷靜，他自己的事他自己最清楚，他已經吃了五年的治療憂鬱症藥物。素衣少女一臉陽光地說：「你好，我叫明愛，宗教及哲學系 year 1。」港安一聲謝謝，卻感到一股濕熱，像午後的陽光曬在剛灑水的草坪上。

後來港安發現這個素衣女孩不是什麼觀音下凡，她也是一個基督徒。可是明愛救過他，也是第一個對他笑的女孩，他希望她多待在自己身邊。明愛陪他去醫院看精神科的那天，竟然碰見了鄰居，但他並沒有感到驚訝，他知道在這個城裏有憂鬱症並不是什麼稀奇的事情，他母親也是長期病患者。「從去年九月開學至今，已發生二十多宗學生疑受學業和情緒困擾而自殺死亡的事件，其中有九宗為大學生。」明愛一字一句地讀着報紙，突然轉頭問港安：「你不會跑去死吧？」港安淡然回了一句：「我已經死了。」

## 二·活來

親愛的天父，

奉耶穌的名我來到你面前。

你說過：你若口裏認耶穌為主，心裏信神叫他從死裏復活，就必得救。（羅馬書10：9）

你還說：凡求告主名的，就必得救。（羅馬書10：13）

耶穌，請來到我的生命中，做我的救主。

從今天起，我願成為你的孩子，你做我的父親。

生活在這城，港安依然用上課的時間去上班。他依然每天要擠入一個儼如地獄的地鐵。結束了住宿生活的港安，搬回天水圍家裏住，不論去哪裏車程都很遠。地鐵進入太子站的時候，車廂已經是擠滿了人，駛到金鐘站時更是全車爆滿，來到北角的公司已經很累，日復一日。

車上的人眼睛都是死死盯着手機，像中了降頭一樣。港安也被訓練得一模一樣，他從來沒有留意過車上有什麼人，那天他看手機的時候突然收到明愛的WhatsApp。「港安，從今天起，我要給你一個父親。」雖然通過冷冰冰的電子媒介，但港安覺得觸動了他心中那間封閉的房間。他說「好」的時候，聲線和唇紋都有潤唇膏滋潤過的味道。

港安開始跟明愛去禮拜，雖然覺得耶穌的故事還是一個童話，可是他願意為了明愛去試試。明愛把一本淺藍色的《聖經》塞到港安手上，「給你，這就是生命，你可以每天吃祂喝祂！」往後港安每天都帶《聖經》去上班或上學，閒來無事就拿出來看，然後在書上寫滿對應的英文。而且港安每天晚上八點，都會和明愛一起，和耶穌聊天。明愛說：「就像跟爸爸說話一樣，有什麼都可以說，因為神是我們的天父。而且他會給你智慧，幫助你解決問題。」

> 大山可以挪開，小山可以遷移，但我的慈愛必不離開你，我平安的約也不遷移。這是憐恤你的耶和華說的。（以賽亞書54：10）

說來也奇怪，港安開始慢慢覺得一切都是新造的，一切舊的都彷彿過去了。以前覺得天空是黑色的西裝，現在的天空和《聖經》的封面一樣，是淺藍色的。自己在街上走路還偶爾哼上自己作的歌。

「噹、噹、噹、噹、噹、噹、……」教堂的鐘聲響起。有一天，港安突然就有種神明開啟了心中那雙眼睛的感覺。那一刻他竟然相信了耶穌真的在十字架上死了，被埋葬，三天後神叫祂從死裏復活了。

婦人焉能忘記她吃奶的嬰兒，不憐憫她所生的兒子？即或有忘記的，我卻不忘記你。看哪，我將你銘刻在我掌上，你的牆垣常在我眼前。（以賽亞書49：15-16）

每逢讀《聖經》，港安都有種說不出的喜樂。而且常常迫不及待地跟明愛分享。他告訴明愛，他發現原來一直以來有一個這麼愛自己的父親。他很感恩，因為連自己的親生爸爸都忘記他的兒子，天父卻不拋棄，不放棄，還用愛與人同行。明愛後來更鼓勵他把福音傳給家人。每逢假期，港安回家後就不斷地給母親聊《聖經》上的內容：

神愛世人，甚至將他的獨生子賜給他們，叫一切信他的，不至滅亡，反得永生。因為神差他的兒子降世，不是要定世人的罪，乃是要叫世人因他得救。（約翰福音3：16-17）

母親半信半疑，她一直以來都是拜觀音菩薩的。港安知道要母親馬上接受是不可能的，於是便耐心地跟她分析說，你看你常常用水果香油供奉觀音娘娘，可是她有眼睛卻不能看，有嘴巴卻不能吃，有手也不能動對不對。但是耶穌就不一樣了，祂是會說話的神，祂是穿上嬰孩的肉身真正來到這世界上，祂親自成為人的樣式，來到這個世上打救我們。你看《聖經》裏面談到祂的誕生，我讀給你聽：

耶穌基督降生的事，記在下面：他母親馬利亞已經許配了約瑟，還沒有迎娶，馬利亞就從聖靈懷了孕。（馬太福音1：18）

她將要生一個兒子，你要給他起名叫耶穌，因他要將自己的百姓

> 從罪惡裏救出來。（馬太福音1：21）

港安覺得自己被神摸到了，也希望神能摸到自己的母親。他告訴母親，自從信了耶穌，憂鬱症沒有了，而且連尾椎骨痛也沒有了。母親也覺得自己都拜觀音這麼多年了，可是「時候將到，或者已經到了」的事情還是無可避免地會兌現。她問港安：「如果咒詛呢，神可以化解咒詛嗎？」港安看到母親有點好奇，馬上翻頁證明。「有，當然有。你看。」

> 基督既為我們受了咒詛，就贖出我們脫離律法的咒詛；因為經上記着：「凡掛在木頭上都是被咒詛的。」（加拉太書3：13）

港安說：「基督為我們承擔了咒詛，贖出來就是買回來了的意思。他用他的血他的生命幫有咒詛的人承受了。」母親聽完覺得非常滿意，露出了笑容。當港安想為母親繼續翻找的時候，他看到這句話時自己愣了一下：

> 逼迫你們的，要給他們祝福；只要祝福，不可咒詛。（羅馬書13：14）

港安想起了自己對父親的詛咒，不禁感到萬分的羞愧。他同時感到恐懼，害怕咒詛會報應在自己身上。幸好耶穌不管他過去做過什麼，是好人還是壞人，祂都永遠愛自己，當自己是「心上的人」。想到這裏，港安又心安理得了。每當有什麼不愉快的時候，港安都對自己說：「父親說愛我，父親還說我是最寶貴的，我是最可愛的，我是最棒的。」

大學畢業後的港安投入了金融行業工作。而且他像很多人一樣，申請了政府的「居者有其屋」。申請結果很快就要公佈的時候，港安說：「天父啊，我很想要一間『居屋』，可是我很害怕抽不中我，求你給我指引方向。」然後把《聖經》隨意打開一翻：

> 他必指給你們擺設整齊的一間大樓，你們就在那裏為我們預備。門徒出去，進了城，所遇見的，正如耶穌所說的。（馬可福音14：15-16）

他一看到耶穌說已經為自己準備了一間整齊的大樓，就安穩地睡了一個晚上，結果出來的時候，的確有港安。港安覺得很神奇，他現在打從心底相信《聖經》裏面〈申命記〉所說的：「你若聽從耶和華——你神的話，這以下的福必追隨你，臨到你身上。」有了蝸居，港安就想要娶明愛，他覺得明愛是他的天使。

那天，港安牽着明愛的手來到母親面前，他想要母親祝福他。母親看到眼前一身白色連衣裙的明愛，感到非常的喜愛。她私底下和明愛談了很久，從房間走出來的時候，兩人都兩眼通紅。港安看得一頭霧水，可是明愛終究答應了他的求婚。他只覺得很高興，也沒有追問她們究竟聊了什麼。

婚後的第一年，明愛送給港安一隻純白色的紙天鵝。明愛是一個孤兒，在一間基督教會孤兒院長大。幸好有好心人收養，去新家的時候，修女給了明愛一本《安徒生童話》，修女說：「這是母親留給你唯一的禮物。」明愛那天晚上給港安講了一個叫《野天鵝》的故事：「在很久很久以前，在一個離我們這兒很遠很遠的地方。那裏有一位國王，他有十一個兒子和一個女兒。孩子們當時過得幸福極了，但是自從父親娶了一個惡毒的皇后，一切都發生了改變。」

港安一臉天真地依偎在明愛寬厚博大的胸脯上說：「親愛的公主，你是在說你的故事嗎？」明愛微笑繼續說：「那位公主叫伊麗薩，她長得非常美麗。可是這讓惡毒的皇后感到更憤怒。她向王子們下詛咒讓他們變成大鳥無聲無息地飛走，但是王子們太善良，變成了十一隻可愛的野天鵝。」

港安馬上追問：「那伊麗薩怎麼辦，皇后一定不會放過她吧？」明愛說：「的確如你所說，巫婆女王對公主也下了詛咒。她親吻了三隻癩蛤蟆，希望牠們跳到公主頭上，爬到公主臉上，鑽進公主心上，讓她變得醜陋不堪。可是因為公主太虔誠太純潔了，水裏三隻癩蛤蟆變成了三朵罌粟花輕輕地漂浮在水上。魔力對於公主是無可奈何的……」港安還沒聽完，已經呼呼地睡着了，在睡夢中彷彿安慰地點了點頭。

那夜明愛一夜未眠，她有自己的心事，可是她一直把它壓在自己的心裏。在她摺疊第四隻天鵝的時候，秘密又被重啟。

那天，港安在做晚餐。一不留神刀子切到了左手的無名指上，頓時鮮血迸出，染紅了奶白色的砧板。同時腹部突然絞痛起來，像有一個嬰孩的小腳在亂動。港安很驚慌地對明愛說：「我很害怕，我的靈在我腹中作動，我感覺一定有什麼大事情要發生了。」明愛馬上放下湯鍋，和港安一起禱告。大概禱告了十分鐘後，電話響起，是姑姑。她說母親剛剛吃燒鵝瀨粉的時候，被燒鵝的骨頭嗆到了，搶救不果去世了。港安放聲痛哭起來。

明愛把港安摟入懷裏，她對港安說：「港安，你還有我，你還有我……我跟你說《野天鵝》的故事時，你睡了，你聽我把它講完。伊麗薩公主為了解救她的哥哥們，她非常虔誠地祈求上帝給她幫助，連在夢中她都不斷地禱告。於是她真的飛上了天，飛到了水晶宮。仙女告訴她只要有勇氣和毅力，就能度過艱難的時刻。」港安哭得撕心裂肺，於是明愛餵了港安吃了一顆安眠藥，讓他好好去睡，自己去醫院看他的母親，她有話要跟他母親說。

當明愛來到醫院的時候，港安的母親已經是一個冰凍的身體。結婚前港安母親對她說的話，明愛記得，她怎麼會忘記。港安母親說：「我必須把港安的狀況告訴你，你一定要慎重考慮你是否足夠愛我兒子，你才能跟他結婚生子，我不想你以後後悔。」

原來有一個詛咒一直縈繞着這個家族。從前有一個女巫，她深深地愛上了這個家族的男人。可是男人不愛她，並和另一個女人結婚生子了。那個女巫來到了他們兒子的面前，下了一個惡毒的咒詛，如果這個男孩是這個家族中的老大，而老大是男生的話，他們都要在四十歲的時候過世。往後，一直都是這樣，延續到現在。包括港安的曾祖父、港安的爺爺、港安的爸爸。那時候，村子裏的人都叫他們拜觀音，說可以逢凶化吉。可是沒想到咒詛難斷，如鬼附身，無法迴避。

明愛伏在港安母親的屍體上哭了起來，她說：「我希望你能看到港安平安無恙，耶穌已經為他背負了咒詛，你要起來啊。你知道嗎，在《野天鵝》的故事裏，上帝很仁慈，真的給了公主解救的辦法，只要用教堂墳地裏的蕁麻編織成長袖披甲，套在天鵝的身上，天鵝就會變回王子，咒詛就能解開。」

「鈴、鈴、鈴」，客廳的電話鈴聲又響起，是醫院打來的。兒子剛放學回家，拿着一個麵包店的「魔鬼」蛋糕，旁邊有兩個數字蠟燭，一個「4」，一個

「0」。門鎖剛打開，一陣鹹濕的海風打翻了窗台上的盆栽。

耶穌對她說：「復活在我，生命也在我，信我的人，雖然死了，也必復活。

凡活着信我的人，必永遠不死。你信這話嗎？」（約翰福音11：25-26）

明愛口中默默念着，手上把第十一隻白天鵝摺好。叮鈴、叮鈴、叮鈴，風鈴在跳舞。全城的人都認為伊麗薩是女巫，因為她常往教堂墓園裏跑，大家決定要把她燒死。當最後一件披甲完成，披在天鵝身上，他們變成十一個英俊的王子時，咒詛被化解，一切真相大白時，教堂的鐘聲彷彿響起。

# 斷臂娃娃

今夜，星星戴着冠冕，一群宮女侍立身側。魔鏡魔鏡，世界上邊個最靚？星星皇后是最靚的。一對男女在床上半身如蛇纏繞彼此。三分十五秒後，女人的右手如完事後的陰莖，軟軟地自然下垂。此刻，她能感覺到精子已經進入卵細胞的透明帶。她很安心地含着金色的頭冠，溫暖地睡去。

調皮的陽光把床邊的布娃娃吵醒，星星也睜開了黑色的大眼睛，她盯着眼前的那張熟悉的臉，如果安全感是有重量的，星星覺得不止十萬噸。阿勝也醒來了，當他瘦脹而佈滿紅筋的眼睛與星星四目相接時，竟有幾分的畏怯不經意流了出來。星星看着他浮腫的臉龐，於是二話不說跑去了廚房弄早餐。

屋裏全是太陽蛋的香味，像宣告一種愛的儀式。只見星星瘦小的背影，正用左手熟練地握住平底鍋的手柄。阿勝正拿着卡通奶罩如胸罩上的兔子圖案正蹦蹦跳跳地走近。星星雖然沒有轉過身子，可是她能感覺到阿勝身體的質量。

他一臉粉紅色的羞澀，為雞蛋添加了天然的調味料。

阿勝溫柔地舉起星星白瓷般的右手，慢慢地穿過胸帶，再叫星星自己把左手穿進去。爾後細心地幫她扣好背部的調節扣。星星突然有種想哭的感覺，因為自從她的右手不能動後，每天戴這個東西都非常困難，她只能把調節扣先扣好，然後像穿襯衫一樣把奶罩套進去，胸罩的橡皮筋經常被暴力地撐爆而失去彈力，讓星星隔三岔五就得去內衣店。現在阿勝在身邊，如潦草幾筆的愛字有了一點認真。

阿勝順手接過鍋柄，示意他來弄桌上的火腿。星星乖乖地退到他的身後，看着這個背影，讓星星又想起出事那一年，阿勝雙膝下跪的情形。意外發生後，星星無法面對自己破碎亦不完美的自身，她直截了當地跟阿勝提出了分手，而且一直不願意再見到他。誰知道阿勝跑來星星家，在她父母面前信誓旦旦地說要照顧他們的女兒一輩子。星星當時躲在自己的房間，一雙哭紅了的大眼睛從門縫裏偷看，是阿勝高大的背影。星星感到有一條無形的紅線把兩人綁在了一起。

其實，星星出事前是一個長得亭亭玉立又心靈手巧的少女。阿勝和星星是中學同學，那時候的雲總是很淡，風常常很輕。阿勝那天上課不專心，看着窗外斑駁的光圈和婆娑的樹影。光影落到一個坐在窗邊的女孩身上，她一臉認真地上堂，神情像一杯靜止在窗前的水。右手的筆不斷地在本子上跳躍，還有那微微隆起的胸部，隨着呼吸上下起伏有致。一身海水藍的旗袍校服裙。一陣微風吹過，翻起了校裙一角的藍藍波浪。

阿勝平常下課都跑去學校小賣部吃魚肉燒賣。現在都呆在教室裏了，他覺得女神比食物重要。星星在課後常常弄一些小手工，他細細地看着她，從一塊小小的粉色破布，然後用鉛筆畫一個兔子的輪廓，剪出來縫好線後，把娃娃內層翻過來，往裏面塞白花花的棉花，在外觀上加眼睛和兔唇，成就一個兔子布娃娃。她的手非常靈活，像十個手指頭在陽光下跳舞。

有一個上學的下雨天，阿勝一直跟在星星後面，可是不敢上前打招呼。正想着怎樣裝偶遇的時候，他看到星星的鞋跟把泥巴甩到了小腿上，本來雪白的襪子有了小狗一樣的斑斑點點。阿勝覺得特別的憐惜，於是拐彎跑去了街市買了一雙女裝襪子，臉和耳朵都紅了。放學後，他把襪子偷偷塞到了星星的抽屜裏，還把在家裏偷來的紅蘿蔔，放在粉色兔子娃娃的旁邊。

雖然圍着星星轉的男生的確不少，畢竟她長得甜美如娃娃，而且手工製作比賽全校第一名又聲名遠播，可是還是被阿勝的真情打動，最後答應了做他的女朋友。星星的選擇，對阿勝來說，一直是一個莫大的恩賜。大學畢業後，阿勝就想帶星星回家見媽媽。他想娶星星為妻，和她生一個胖娃娃。

阿勝媽媽看過星星的照片，也表示非常喜歡，還說要親自下廚，煮一桌好菜給星星吃。連見面日子都訂好了，可星星突然說來不了。原來那天恰恰是星星婆婆的忌日，媽媽要她回鄉下幫忙。阿勝只好把實情告訴了母親，臨走前還囑咐星星一路上要小心。只是大家當時都沒有想到牆壁斑駁的裂紋早已隱藏着危險的信號。

婆婆忌日那天，星星一家人去舅舅家做祭祀儀式。舅舅家是一間很破舊的屋子，外面有一個小院子，由一道圍牆圍起來。梅雨天的關係，圍牆看起來濕濕的，還有綠色的苔蘚。親戚們都在屋內燒香，星星覺得很無聊，於是站在牆邊和阿勝發信息。聊了差不多一小時，星星覺得有點累，右手挨在了圍牆上。突然，轟的一聲巨響，麻雀嚇得揮翼高飛。整個圍牆塌了下來，正正壓在星星的胳膊上。星星一聲慘叫，屋裏的人全部走了出來。星星的手看起來並沒有多少傷痕，只沾有牆身哀矜的青綠苔蘚。送到醫院後，醫生說星星右手的神經大部分都被壓斷了。

此刻，星星用左手摟着阿勝的腰部，油鍋裏是爆得灼灼響亮的火腿。星星想起以前的自己每逢做完一個手術，都會選擇在醫院最暗的陽光處坐下，左手抱着牆柱，牆壁沒有溫度。現在能抱着阿勝，這是一個有溫度的身體。想到這，星星把他摟得更緊了一點。阿勝扭過頭告訴星星，早餐馬上就好了。

他們昨晚商量好，今天吃完早餐要去一趟醫院。阿勝說在澳洲認識了一個朋友，介紹了一個很好的婦科醫生給他們，星星當然一口就答應了。畢竟他們一直都不避孕，可就是懷不上孩子。她也主動去看過醫生，但醫生說一定要兩人一起做一個全面檢查才可以確診。她以前跟阿勝提過，可是阿勝在澳洲讀研究生一直都很忙，甚至很少回來，更不用說可以抽空做檢查。現在阿勝主動安排好醫生，還特意從澳洲回來陪自己，星星當然十分高興，巴不得不吃早餐就趕去。但阿勝説先和醫生聊聊，做一個初步診斷。過幾天二人世界再檢查。星星也只好乖乖地吃早餐。

從星星的出租屋到醫院，是一條流年滿地時光不語的小徑。星星在阿勝的右邊，左手牽着阿勝的右手，星星不動的右手像天空的冷皮膚，給陽光添了一點哀傷。現實就是現實，一路走來，畢竟淚眼斑斑。出事那一年，二十歲。十年的時間原來已經走過去了。她開始發現自己的臉不知從何時起，有了熾烈陽光遺下的斑點，眼睛有了摺疊的魚尾紋，左手浮現了青色縱橫的血管。星星開始感到衰老恍如在背後跟隨，再過幾年她就要成為高齡產婦了。想到這，星星去醫院的腳步又加快了一點。阿勝的右手突然抖了抖，似乎被星星捉痛了。

醫院摺疊如迷宮，輾轉來到阿勝朋友前。是一個男醫生，他和阿勝寒暄了一下，就瞭解起兩人的情況。回憶新舊交替，無以迴避……

那是舅舅家的圍牆，當時大約有一米七左右的高度。下面的牆角很鬆，上面的琉璃瓦很硬。一塌下來，壓斷了右手裏面的骨頭，骨頭把神經插斷，手臂的神經成了破碎的魚網。雖然當時看上去沒有任何外傷，也沒有流血，但是醫生說如果遲五分鐘送到醫院，性命也就不保了。阿勝的醫生朋友連連點頭，他說的確如此，而且以前的醫療技術是沒有現在的先進。

那時候做完急救手術，接下來就是清創手術。醫生把壓斷的碎骨慢慢地一一清理出來。可那家醫院做不好，把一大塊線頭留在了裏面，差點要把乳房切掉，只能千里迢迢轉到另外一家更遠的醫院。後來再做了幾次清創手術，乾淨了，就開始做接駁神經的手術。最痛苦的一次是把小腿的感覺神經抽出來，然後接上左手的運動神經上，希望左手可以引導右手，讓右手能動起來。可惜並沒有如願，右手沒能動，反而走起路來還像瘸子一樣一拐一拐地，差不多有一年的時間，腿才好起來。

隨後星星又嘗試了各種各樣的神經接駁手術，可是右手還是毫無起色。那次做艾條灸療法，用紙包裹艾絨捲成圓柱形艾條，然後將艾條點燃，放在右手進行熏灼。星星當時看電視，右手像吸煙那樣，一直吸，燃燒的艾條把右手燒得見了骨頭。星星當時也沒有任何的知覺。阿勝的醫生馬上接話，大概不孕就是因為做了太多手術，打了這麼多激素，相信很難懷孕。當然你們可以過幾天兩人做一個詳細的身體檢查，再慢慢調理，可是急不了。

從醫院回家的路上，路途變得窄窄，影子長長。皮膚不再滑滑的星星用低低的聲音跟阿勝道歉，連醫生都說是自己的問題，那還有什麼可怨恨的呢。星星內心很責怪自己，因為他們暫時能想到唯一的辦法就是奉子成婚。自從星星的右手斷了，阿勝的媽媽態度一百八十度轉變，表示完全不接受她，態度非常強硬，也不願意坐下來談，也說得很明白不會給他們任何機會。阿勝又是一個非常孝順的人，他常常告訴星星很想和她私奔算了，但又不想母親傷心。於是兩人就想有個小孩，讓母親逼着成全他們，可是現在……似乎更加艱難了。可星星還是心懷希望的，畢竟阿勝現在還守護着自己。這麼多年過去了，他也不欠自己什麼。

星星在廚房，阿勝在看女子排球。油倒進鍋裏，煙就出來了，放雞翼下去。因為雞翼的油分也多，蹦蹦跳跳地吱吱作響。煎到雞翼兩邊都黃黃的，就可以放醬油焖一下就好了。自從手臂不能動後，星星的媽媽變得特別主動，從不讓星星再進廚房。因為她心中一直覺得虧欠了女兒，畢竟那天是婆婆的忌日，是她要女兒回去的。

當時醫生說右手已經確定以後完全不能動了。星星聽到這個噩耗，她開始不斷地說一些奇怪的話，在出發前家裏的垃圾還沒分類還沒倒走，抽屜裏的鋼筆墨汁好像倒了出來，房間囤積了很多製作布娃娃的工具，去年去馬來西亞旅行時候買的黑曜石手鍊忘記帶出來。母親右手一把摀住星星的嘴巴，左手狠狠地抱着她，兩人痛哭了起來，星星釋懷了，反而母親更內疚了，像很多很多的玻璃劃破心臟的感覺。

所以母親特別照顧她，星星雖然在家排行第一，有一個妹妹和弟弟。以前都是星星照顧他們。現在母親要妹妹和媳婦做飯，絕不讓星星進廚房。星星反而覺得自己是家裏的包袱，她一方面覺得很感恩，別人幫助自己，一方面又覺得別人不應該幫助自己，因為自己也可以做到。於是她就一個人租了個房子搬了出去。

那時候阿勝說母親逼他去澳洲讀研究生，然後就離開了。星星開始了一個人的生活，她自己去工作繼續養活自己。當星星右手不能動的時候，星星很快就訓練到自己用左手打字，而且每分鐘能打一百個英文字母。下班回家後，星星每天都會打掃家裏，她先用左手把家裏掃一遍，然後用兩隻腳把垃圾鏟固定，再用左手把垃圾掃進裏面。平常用右手吃飯的星星，也很快練到可以用左手吃飯，還能用左手握着一根筷子把整隻瀨尿蝦拆開吃得乾乾淨淨。做飯她也可以，用左手切豬肉，切魚，都難不倒她。如果是蘿蔔或者蘋果之類，星星就會動用自己的膝蓋，把蘿蔔放在兩腿之間把它牢牢夾緊，然後用左手慢慢削皮。

其實，當你某一部分功能喪失的時候，另外一部分功能就會加強。就像一個全盲的人，他能在食堂聞到有什麼食物，而不需要用看的。畢竟星星也是一個女生，有時候真的累了，她會很想有一個多啦A夢的百寶袋，這樣就可以擁有很多特別的法寶幫助她了，她會把這個想法告訴阿勝。

雖然阿勝在澳洲，但每天晚上還是堅持和星星視頻一個小時。愛就像輕輕移動的地球儀，填滿所有的時差。星星有時候會跟他說，如果在澳洲遇到喜歡的人，只要告訴我，我都會祝福你的。阿勝永遠都是說：「要遇到合適才行啊，一直都遇不到啊。」然後又開始數落自己樣子很醜。最後還要反問星星，為什麼當初誰都不選要選擇他呢。讓星星每一次聽到，都感到很心安。問的次數多了，回答的方式也是一模一樣，這種刻板反而讓星星感到安全。

其實，星星心裏也有數，還沒出事前，星星就帶過阿勝見父母，當時父親就當着阿勝的面說他長得很醜，這讓他大受打擊。後來星星都會像一塊魔鏡一樣，魔鏡魔鏡，世界上邊個最靚？星星都會回答阿勝是最靚的。星星覺得阿勝一直不離開自己，是因為她懂得給阿勝自信。

而且星星對待兩人的關係也非常開明。阿勝告訴星星，媽媽常常逼他去相親，是他媽媽以前做生意時候的朋友的女兒，母親一定要他去。他還會打開手機叫星星看那個女孩的照片。星星覺得阿勝特別誠實，也知道他很孝順，性格又是木頭型的。於是也放心讓他去，畢竟星星知道，阿勝媽媽很不容易，自己獨立撫養大一個孩子，而且又有自己一番事業，星星是既佩服又羨慕的。

唯一讓星星覺得難過的是阿勝在澳洲的時候非常忙碌，碩士畢業後就一直在澳洲工作，很少回來，上一年真正見面才十五天。而且不知道為什麼，阿勝母親消息特別靈通，每逢他們見面的時候，他母親總能知道，雖然阿勝回來了，但是阿勝總是說避免母親和星星正面衝突，在星星家住一天就馬上回自己家裏報到，於是單獨相處的機會更少之又少。

晚餐做好了，是阿勝最喜歡吃的醬油雞翼。星星叫正在看排球的阿勝幫忙清理飯桌，兩人親密地坐在飯桌前，阿勝一口一口地餵星星吃，還連連稱讚星星的廚藝和自己媽媽一樣的好。這樣獨處的機會，讓星星特別珍惜。晚餐後，他們坐在床上。阿勝主動說要幫星星剪指甲，他拿着指甲鉗坐在星星身後，雙手從背後抱着她，很溫柔很細心，還不時問星星痛不痛，有沒有弄傷。星星想起平時自己剪左手的指甲，可要費很大的勁。她會先用左手放好指甲鉗，固定了再把指甲放在鉗口的下方，看準後就用右腳的腳後按下刀柄，有時候往往對不準就會流血。現在阿勝還幫她用磨甲器輕輕抹平凹凸，想着想着，星星眼淚都快要流下來了。

晚上，月光的溫度使世界變得曖昧。兩人躺在月光下。星星調皮地問阿勝，他倆經常聚少離多，他是怎麼解決性需要呢，阿勝說在澳洲非常忙，忙到都忘記這個東西了。星星很高興，她覺得很安全，還是兩個人好，她希望這次後，阿勝不要再去澳洲了，留下來和自己好好過日子。星星開心地用左手摟着阿勝的脖子，在床上半身如蛇纏繞彼此如昨夜。今夜持久了一點，做了八分四五秒。

白天最有承受力，把世間一切都用一個巨大的盤子盛在一起。盤子裏有星星弄的太陽蛋，阿勝用右手的食指戳破流質的蛋黃，然後用嘴巴吮吸，像嬰兒吸乳頭一樣。但一到嘴邊，阿勝覺得太陽太燙。阿勝想起昨天晚上做愛前，忘記了先吃棉酚，這種藥物能破壞睾丸的生精上皮，從而導致精子畸形、死亡甚至無精。這麼重要的事情怎麼能忘記呢。

阿勝開始心裏抱怨，這趟回來怎麼這麼久，感覺度日如年。母親怎麼還沒到，都已經通知她地址了。拖拖拉拉這麼多年，這次一定要有一個徹底的了斷。連體檢結果，阿勝都和那個醫生談好了，到時候就偽造一份出來，說星星宮寒，即使受精卵可以，但是進入子宮都溫藏不了，所以不可以懷孕的。

陽光射在斷臂娃娃身上，她收起白色的羽翼，露出了邪惡的笑容。星星正走進房間，想幫她送給阿勝的娃娃縫上手臂，自從右手不能動後，她已經沒有再做手工。星星發現裏面藏着一個小藥罐，娃娃的棉花肚白白的，像乾淨的謊言。

# 球鞋

走廊燈光一片昏暗，一直蔓延至最盡頭那間小屋，鐵門看起來是疲憊的。房間裏有許多腳，還有陰影在排隊，有的腳在踢踏着舞步，有的腳在倒數，有的腳準備向前衝刺，還有一架電動輪椅在客廳正中央緩緩移動，伴隨着輪椅把手上倒吊着的小破罐子吞吐出四月的櫻花味。

「五、四、三、二、一」他大聲數着。

隔了十分鐘，「叮咚——叮咚叮咚」，他知道是樓下的胖保安花姨在按門鈴，只有那麼粗壯的手指頭，才能按得這樣鏗鏘有力。永強不耐煩地説：「阿咪，開。」阿咪挺着黑黑的胸膛，非常不情願地去開門，壓抑下來的情感不知道該如何儲藏。

一條窄窄的門縫開了，果然是花姨。她鬼鬼祟祟地瞄了一眼屋內，燈是關着的，只有大球場的光線射進屋內，隱約看到房間朝西邊的窗戶打開，風似乎沒敢進來，窗外的風鈴像波瀾不驚的水一樣一動不動，永強坐在輪椅上。花姨忍不住開口：「永強，剛剛啪的一聲巨響，我去八卦了一下，竟然看到你家的貓攤在樓底的花槽裏，血肉模糊！」過了不知多久，阿咪終於搭話，「貓貪玩，主人很傷心。」「一隻貓而已，不用太傷心啦，又不是人。」花姨的聲音越來越小，腳步聲也越來越遠，三十六樓的電梯門打開了。

「阿咪，睡。」家裏鐘錶上的秒針越來越吵，一秒比一秒大聲……阿咪徹夜難眠，在這個所謂包容的都市，包容了多少故事？

「同學們，失去雙腿並不可怕，可怕的是人對光亮失明！我現在跟大家分享一下我的故事，我本來和在座各位一樣，擁有一個幸福美滿的家庭。可天有不測之風雲，一個無良的司機醉駕，撞到我整架車翻了。我昏迷了整整一個月，醒來的時候，手腳都已經不能再動了，只能靠氧氣機二十四小時泵氣幫我呼吸維持生命。那段日子我每天望着天花板，數着每分鐘呼吸機泵十六下氣到我的肺部，那種非人的生活，當時的我好想死了算了。」永強一邊說，他的頭不自覺地往輪椅的背靠墊一直靠，雙耳通紅，眼泛淚光，似乎有點激動。

「但是當我想死的時候，突然看到窗外射進了一束陽光，我不想死了，我想好好活下來。於是我用口型跟醫生說，讓我嘗試自行呼吸。醫生將我氧氣管拔掉，就這樣我每天離開呼吸機堅持練習十分鐘，整整一年。醫生說有五次我停止了呼吸，差一點就死了。可是因為我的堅持，最後終於成功離開氧氣瓶生活了！我現在甚至可以在這裏和大家説話！感謝主。」

大禮堂響起一片熱烈的鼓掌聲，老師走到同學們面前説，「非常感謝永強的講座分享，他簡直人如其名，是一位非常堅強的生命鬥士。雖然有嚴重肢體傷殘，可是尊重生命熱愛生活。希望同學們以後面對逆境時都要學習他，積極面對人生，珍惜生命和努力學習，這樣才真正達到我們舉辦生命教育課的目的，貫徹到用生命影響生命的活動宗旨。」台下又是一片鼓掌聲。

「阿咪，走。」阿咪走到台前，握着電動輪椅的手把，把永強推離眾人的焦點。「阿咪，吃完午飯，我們去寵物店買隻新貓回家。」阿咪本來平靜的臉容突然像小鳥畏懼獵槍一樣。太緊張竟然放了個屁，不僅聲音很大，而且氣味像腐臭的雞蛋散發出的味道。永強朝她不屑地看了一眼，本來就粗糙黝黑的身子，在陽光下，皮膚的毛孔顯得更大了。

有了新的小貓，這個家似乎又注入了光明。平常沒有生命教育課的日子，永強就在家玩電腦，有時候是用網上版的WhatsApp聊天，有時候做教科書排版工作，有時候玩線上遊戲。新買回來的小貓咪很黏人，一直趴在永強的大腿上一動不動，因為牠眼睛大大的，身體雪白，永強給牠起了個名字，叫「豆漿妹」。

流質的黃昏的天空裏，有飛機留下的痕跡。永強把口中控制螢幕的感應棒放下，打了個大大的呵欠。「阿咪，按。」躲在廚房玩手機的阿咪馬上下意識按下電飯煲的煮飯按鈕。如果沒有故事，其實生活就像在碗裏餐桌上有白米軟香般的簡單。

話說回來，阿咪背井離鄉在永強身邊做傭人已經兩年。在香城這個地方，像阿咪這樣的人非常多，她們從菲律賓、印尼而來，錢攢夠了就離開，阿咪也是這樣想的，畢竟老公和四歲的小孩都在印尼。「阿咪，水。」

突然傳來永強在客廳的叫聲，把在發呆的阿咪嚇了一跳，她馬上拿着永強的杯子，倒了點溫水，迅速來到永強身邊，插進一支吸管，放在永強嘴巴裏，不到一分鐘，一杯水被吸乾了。

「同學們，因為一場車禍，我就只剩下眼睛、耳朵、嘴巴、鼻子和腦袋。在醫院一住就是十年，在醫護人員的幫助下我定期做物理治療，每天堅持運動十分鐘，雙手拉筋，防止肌肉萎縮。隨後我更學會了用電腦工作，我還記得當時我的頭還戴着頭套，我用嘴巴含着筆在敲、敲、敲地學習打字，寫的第一句話是『不要放棄』，因為我知道一個不肯放棄自己的人，是永遠有力量的！」話音剛落，禮堂又響起一片熱烈的鼓掌聲，此起彼落。

「永強哥哥你好，我是基督教中學中四學生安安，我很不開心。」永強電腦WhatsApp裏突然冒出一個陌生的頭像，他看看鐘錶，已經是淩晨兩點。

「安安小朋友，發生什麼事情了？」本來在玩電腦遊戲的永強覺得不對勁，含着打字棒迅速回覆。

「我想死，我媽媽星期一到星期五要我補習中文、數學、英文、中史、世史，星期六要我去學電腦和彈鋼琴，星期天還要我做禮拜，我明天的功課還沒做完，我不想活了，我好想跳樓自殺，一了百了。」陌生的頭像又在不斷閃爍。

永強一看，心都涼了。「安安，你看叔叔這麼艱難都生存下來了，你怎麼可以尋死呢。你要知道，你媽媽都是為了你好，我告訴你，我非常想念我媽媽。」

「永強叔叔，我在生命教育課都沒有聽過你談過你媽媽。」隔了一分鐘，電腦的另一邊又傳來一串文字。

「安安，當我出院可以走入社區生活的時候，我發現我母親已經是子宮頸癌末期。患病的母親從原來一百八十多磅跌至九十四磅，醫生對我說，母親怕我擔心，不想影響我心情，一直隱瞞在康復期間的我。我還記得當時在醫院，我遇到不如意的事情，就亂發母親脾氣，現在想起來都覺得很內疚。」永強又繼續敲了一段長長的文字。

「安安，其實哪有父母不疼愛自己的孩子，只是方式不對罷了，你現在要乖乖去睡覺，不要鬧脾氣了，明天跟你媽媽坐下來好好談談吧。」永強打完這段話，覺得身心疲累，心裏大罵了一句：「香城這個地方把人都給逼死了！」

「阿咪，含！阿咪！阿咪！」在沙發上原本熟睡了的阿咪被永強的呼聲吵醒。「從錢包自己拿三百元！」阿咪聽後，數了三百元放在自己的枕頭下，然後利索地把永強的褲襠解開，用含過老公陰莖的嘴去含他的陰莖，熱帶的陽光永遠是這麼猛烈，永強面紅耳赤，雙頰被焗得像熟透的紅毛丹一樣。

疲憊過後，永強那天夜裏睡得很甜，他夢見了豐乳肥臀的母親，挺着一雙圓滾滾的已經下垂的大奶子。母親輕輕地撫摸着他的頭部說：「永強，我的小寶貝，要永遠堅強地活下去！」母親的聲線溫柔如纏綿的細雨，他拉開他褲子上的拉鍊，然後拉母親的手進去，這樣生動的愛護，令永強滿心溫暖。

第一束陽光射進房間的時候，永強醒來了。他望着天花板出神，他在想到底我是為什麼活着，是的，四月的櫻花讓我活着，死去的小貓讓我活着，那些可愛的學生讓我活着，母親的話讓我活着，天父讓我活着……永強一直思考，不肯起床。

「阿咪，煙！」他忽然大聲呼喊，阿咪馬上把煙點燃放在他口裏，一呼一吸，肺部像一個被曬乾的橘子皮一樣，被吸得乾癟癟的。永強一想到平時在街上大家好奇或嫌棄的目光就難受，想起生日那天去買球鞋的事，就讓他更不知道該如何好好活下去了。

那天，永強一個人去買鞋子，輪椅走進一家球鞋專門店。一個漂亮的女店員迎面而來，雪白的腳上穿着一雙粉色球鞋，此情此景讓永強不禁感慨萬千。其實永強發生意外前是一位長跑運動員，當時最開心的事就是和女朋友一起在樓下的大球場跑步。

永強記得，那是一個葉子繁茂葱蘢的夏天，太陽猛烈，小狗伸長舌頭，永強在樹下等待女友小嫻，一雙36碼的櫻花色球鞋，是送給小嫻的生日禮物。在永強心中，球鞋就像白雪公主的玻璃鞋一樣，只有適合的人才能穿上。小嫻給了他初吻的那一刻，永強聽到有蝴蝶振翅抖落一身粉末的聲音。

女店員走到永強旁邊，上下打量了一番，轉身就向櫃檯走去。永強突然感到一陣悲傷，那種感覺就像一個橙子在被人慢慢地削皮，最後被迫裸露肉身一樣。但他還是忍不住和那個店員說話：「小姐，我想要一雙43碼的波鞋。」女子連看都沒看，隨手拿起一雙40碼的白色球鞋遞過去，「先生，這個牌子沒有43碼了，40碼也一樣吧。」永強雖然感到受了極大的侮辱，可還是買下了。

永強那天回到家，一直在生悶氣。「阿咪，要！」阿咪被突如其來的召喚嚇了一跳，可阿咪還是乖乖地爬到他大腿上，像小貓一樣，從鬢角到下顎，從乳頭到肚臍，從手腕到指甲，她都伸長舌頭仔細舔了一次，然後坐在永強大腿上。

「九十五、九十六、九十七、九十八、九十九」，他的心默念着，思緒成為劇烈的呼吸，呼吸變成壓抑的汗水，阿咪提子色的乳暈在上下搖擺的瞬間，永強汗水突然化作大聲的呼喊。

記憶那麼沉，完事後永強竟然覺得心情更為苦悶，一雙40碼的新球鞋在輪椅的腳盤上一動不動，連水泥灰色的腳都在踩着他的呼吸在抗議。其實永強在球鞋店推着輪椅離開時，他清晰聽到店員女子在後面說：「沒有腳買什麼鞋呢，莫名其妙的。」永強不怪她，可永強記得車禍後，女友也沒有再出現過。

突然，永強看到阿咪在自己的錢包拿錢，他大聲喊過去：「今天做愛沒有錢！都是一群賤女人！怎麼就這麼犯賤呢！」

阿咪像被暴雨淋濕了一樣，「死癱佬，沒有錢我做得這麼辛苦幹嘛！」永強亦不甘示弱，「你在香城無人無物，你難道沒有性需要嗎！」「即使我有也不會和你這個癱漢做！」「你以為自己是什麼啊！一個醜女人而已！你如果覺得自己是冰清玉潔不忍心被玷污了可以一死表清白啊！快去啊！」兩人爭辯從激烈到暴烈不斷拉鋸，聲音越來越大，小貓像受了驚一樣突然撲向阿咪，阿咪視線倉皇，她雙手舉起小貓就往樓下扔……

「三十五、三十四、三十三、三十二、三十一」，永強大聲數着。

大球場的燈光射近屋內，閃出奇異的藍光。阿咪瞪大眼睛，捂着耳朵，恐懼都壓縮在臉上。她感到自己就像一具屍體，沒被人發現，在草叢中，靜靜地腐爛，發臭，有無數的蛆蟲，病毒在爬，在玷，在污。

窗外是一個紅得不可收拾的太陽，阿咪徹夜難眠。她又推着永強去為學生上生命教育課，在永強上課時，阿咪收到印尼的老公傳來訊息，「小孩快要讀小學了，快寄錢回來！」

想着想着已是黃昏，永強還是望着天花板出神，他還在想到底我是為什麼活着。是的，四月的櫻花讓我活着，死去的小貓讓我活着，那些可愛的學生讓我活着，母親的話讓我活着，天父讓我活着⋯⋯地下已經有六個煙頭。

「豆漿妹」爬了過來，趴在永強的大腿內側，用小小的粉色舌頭舔了舔。永強向牠噴了一大口唾沫，小貓走開了，跳上七尺高的衣櫃又跳了下來，索性走到窗外的衣架上看風景，風鈴發出叮叮噹噹的聲響。

「阿咪，沖涼。」永強躺在床上大叫，正在和印尼老公視頻的阿咪馬上放下電話。擺好沖涼床，解開他的衣衫。那騰騰升起的煙，讓人視線迷離，她突然感到一陣噁心，像黑溜溜的泥鰍在濡濕的喉嚨亂竄。

# 藝妓

雨過天晴，彩虹姐姐慈愛地彎腰點地，花園內一片綠意盎然。陽光穿着灰色肚兜，從落地玻璃窗跳入牆上吊着「和敬清寂」木牌子的屋內來，落在日式茶席上那個印有荷花圖案的紫砂壺身上。所有人都離開了，只剩下她一個人。雨花茶在一雙纖纖玉手下沖開了，薄薄的煙霧升起，像孔雀開了一身綠屏。她此時的心情依舊如初來時的那般平靜，她以為。

如果沒有重遇他，相信她就一直這樣悠然自得地生活，誰也打擾不到她高尚的清夢，甚至她已經想過無數遍相遇的畫面，會相擁痛哭呢，還是彼此祝福，可偏偏剛剛他離開前，把嘴巴貼近她耳骨說的一句：「臭婊子！」令她感慨萬千至今，在沖第二泡茶的時候，手抖了抖，不小心把攝氏95度的水濺到了手上，紅了，但不痛。

「她叫楓子，是我們這裏最好的茶藝師。」茶室老闆是日籍華人，一頭銀髮的他挺着圓滾滾的大肚皮介紹着，外面下着滂沱大雨。幾個茶客看着她，用熱水燙洗茶具，將四個杯子暖了身後，羞答答地把茶葉展示給人看：「我今天會沖單叢給大家喝，單叢是功夫茶，條索型，產自潮州。」這聲線低而甜美，配合像煉奶般潔白氣質的膚色，實在讓人賞心悅目。

只見眼下這個叫楓子的女人，穿一身青花瓷旗袍，身體單薄虛幻如透明的絲絹。她把茶葉輕輕放在泡茶用的蓋碗，將熱水注入裏面，單叢受熱後舒展，張開了全身褐黃色的脈絡，隨後她把泡好的茶湯從蓋碗注入公道壺，再慢慢倒進客人的茶杯中，楓子鎖骨的暗香擴散到屋內的每一個角落。其中一個茶客靜靜地看着她，她定睛一看，讓楓子大驚失色，不禁脫口而出：「你怎麼會在這裏！」

「你們認識？」茶室老闆用純正的粵語說。楓子這時才回過神來，可茶杯的茶已經溢了出來，她馬上說：「不，第一次見面。」老闆的上海太太看到茶客的臉色都很難看，心裏盤算着，這麼大的客戶，我們這個小茶室可怎麼得罪得起呢。「酒滿敬人，茶滿欺人啊，落茶七分滿，三分人情，平時我都怎麼教你的，今天你一定是見到達官貴人太緊張了，讓我來讓我來。」她一邊責罵楓子，一邊示意她退出房間。

「不，讓她繼續裝！」他說。楓子本來害怕得泛青的西瓜皮臉，突然漲得像紅葉一樣。上海太太看得一頭霧水，以為茶客故意親近女生，也懶得管了。楓子只好硬着頭皮把杯盤子連同茶杯遞給他，他強顏歡笑了一下，然後把杯蓋打開，整個鼻子都放在裏面聞，一呼一吸的，像用氧氣罩一樣。他旁邊的朋友用手肘碰了他一下，他的怒氣頓時一下子飆升，破口就大罵：「我就是一個粗人啊，我可不會像某人一樣會裝！」整個屋子的氣氛都變得黏黏糊糊的，大家都輕輕地拿起茶杯喝茶，屋內鴉雀無聲。

當外面的雨聲越來越小的時候，池塘裏一條色澤和身形一樣優美的錦鯉魚，從假山裏閒閒散散地游了出來，在牠翻了個身時，上海太太按捺不住了，她想打破這個僵局，於是硬堆了一臉的笑容說：「不喜歡喝茶沒關係啊，晚上你們去喝酒！生意嘛，談得開心最重要！」幾個茶客見狀，都站了起來準備離開茶室。只有他，走到楓子旁邊時，竟把嘴巴貼近她的耳骨說了句話，然後揚長離開了。茶室老闆看在眼裏，心裏說不出什麼滋味。

楓子想起剛剛的相遇，熱水濺到了自己手上，紅了一塊竟不自知。不知不覺，夕陽又不待人的斜下了，一片葉子落在花園裏，楓子似乎聽到自己生命的聲音。「楓子，快換好衣服，把這生意談好回來！」突然一把尖銳的上海話粗暴地入侵，讓楓子的心更沉到了泥土裏。

因為打扮得太久，楓子出門晚了一個小時。地鐵進入太子站時，車廂已是三分之二滿，到了旺角站，更是擠得水洩不通。幾個茶客都已經走了，只有他一個人在等，氣氛迅速變得尷尬起來。他和楓子兩人隨着潮水一般的人群湧入車廂，每停一站，都有一波新的敵人來襲，就連走出月台的人都有一種上戰場衝鋒陷陣的感覺。他心裏不禁咒罵着，「這車廂居然能裝下這麼多人！還是我們鄉下好啊，人煙稀少，空氣清新。」只見他眼神渙散，無法聚焦，楓子二話不說，把他拉出了車廂。他終於按捺不住了說：「你幹嘛呢！」「到了，中環站。」楓子說。

夜裏的中環五光十色，像一名狐媚的女子拼命地眨動着她的眼睛。他們走在蘭桂坊的路上，黃色的街燈，鮮紅色的霓虹燈，最後在一家藍色燈的Kiss Bar停了下來。他現在才真正留意到楓子，今晚身穿一條緊身貼臀的桃紅色碎花lace短裙，上身是若隱若現的黑色透視裝束，淺淺的小乳露了出來。

楓子找了一個背對舞池的圓桌站定，點了兩大杯日本啤酒。一陣DJ打碟機發出的聲音向上飆升到天花板上，一波波音樂飛過光亮的舞池而來，又把一群人分成一對一對，讓他們兀自舞動擁抱親吻愛撫起來。那種可怕的熟悉感讓楓子突然感到無法面對。

兩人一直喝酒，沉默了很久。突然他像想到了什麼，從口袋裏掏出一包香煙遞給楓子，「謝謝，我不吸煙。」楓子說。「什麼！你再說一次！」這裏人聲鼎沸，他問她更顯得粗聲粗氣的。「我從來不吸煙。」楓子說，聲線比剛剛的大了幾倍。現在只有他們兩個，他就不客氣了，直接就說：「我有一個好兄弟經常晚上去酒吧消遣，他說你是在酒吧做三陪小姐的！他還告訴我，每次他來找你，都會給你買茶花牌香煙，因為你說喜歡那輕微的青梅果香，你到現在還想裝嗎！」「你認錯人了，我根本不認識你和你的朋友。」楓子大聲反擊。

他點燃了手中的煙，遞到楓子嬌艷欲滴的紅唇下，「在珍珠紙上先留一個唇印啊，你說這樣男人吸得更香，你一定不知道，大強是我的好兄弟。我們結婚本來就想請他當伴郎的。」他口中吹出一片獨語的煙幕，一臉不屑地狠狠噴向楓子精緻的小臉。

楓子一怒之下獨自攔截了的士回茶室。上海女人看到楓子回來了，正準備上前時，看到他大汗淋漓地跟着楓子身後跑了過來。「讓她今晚陪我睡吧！這生意好談。」他說。楓子一聽，感覺自己被大雨淋濕了身子。胖墩老闆忍不住說話了，「都什麼年代了，她賣藝不賣身啊，她的工作除為客人表演茶道之外，還可以舞蹈、演唱、演奏。」上海女人狠狠地盯了她丈夫一眼，大罵道：「關你屁事啊！滾回屋裏去！」

「可不可以表演脫衣舞。」他笑了笑，用眼尾瞄了楓子一眼。「先生，請你尊重點，如果你願意，我仍然樂意彈古箏給你聽。」楓子理直氣壯地說。「古箏！」他重複了一遍，笑得更大聲了。那種笑聲像魔咒一樣讓楓子無法入睡，那一夜，楓子吃了安眠藥後，迷迷糊糊閉上了眼睛……

煙雨中攪動着時光的亂流，往事種種歷歷在目……在江西安徽交界處，青春的陽光仔仔細細地灑落在每一吋草地與綠樹下，連枝丫間小小的縫隙也不放過，連泥土都是濕潤膩甜的。他叫大頭，和楓子是同班同學，他們逃學，一起撐舟前往一個有很多白鷺的地方，在海平面之前攔截落日，看着一團火紅墮落入海的盛況，兩人的心情就像一隻鷺鷥舞動着灰白的雙翅在緋麗的晚雲裏翩翩飛逸。

兩人讀到中學就雙雙輟學了，下雨時在家抱在一起，雨下得那麼大，把所有人阻隔在外面，沒有什麼會來打攪，兩人愛得纏綿；晚上他們會一起在草地上看星星，曾經他們在月亮的見證下許諾，要找一個沒有人知道的地方，找一個安靜的小屋子，愛着愛着就永遠……只是交往了很久，大頭也懇求過她很多次，可她就是不願意和他做愛。

突然有一夜，外面下起了大雨，楓子主動脱掉了身上所有的衣物。大頭把楓子抱在懷裏，他看着眼前這個小女孩，非常憐惜，他問楓子：「第一次？」楓子睜開水汪汪的大眼睛看着大頭，然後害羞地説：「是的，第一次。」

大頭把頭埋到了楓子下身。淺珊瑚紅的嫩肉一層層摺疊如迷，有乳白色的液體點綴，沒有流動又不似靜止，旁邊細細柔柔的毛髮如未裁毛邊的書本，大頭驚訝，這是一個未被開發的身體，纏綿後純白的床單上，留下了一小片血跡。大頭很滿意，當下求了婚。

想着想着，安眠藥藥力發作，楓子安靜地睡着了。此刻外面的雨越下越大，樹枝上原已脆弱的葉子被拍打得搖搖欲墜，剛剛栽種的小百合似乎被一陣狂風連根拔起了……

「其實中國人飲茶已有約五千年的歷史，根據古籍《神農本草》、《茶經》、《本草綱目》的記載，都顯示飲茶有利健康。茶葉中含有約五百多種化學成分，當中含有的蛋白質、氣基酸、礦物質等等，都是人體所必需的成分……」

楓子穿一身粗麻純白色大衣，也許是睡得不太好的緣故，臉色和肌膚顯得更蒼白了，她弱如蚊子的聲音，同學們都不敢說話。

「老師，飲茶好處這麼多，那你是小時候就喜歡飲茶嗎？」一個男生突然舉起手喊了起來。

「其實我三歲的時候患了一場大感冒，還不斷咳嗽，最後醫生說我有哮喘病，所以不能像你們這麼幸福可以喝可樂，只能飲熱茶了，當時就立志要做一名茶藝師，想好好愛護自己的身體。讀大學的時候，父親患了一場大病，當時我已經是一名茶藝師，所以能給父親挑選古樹茶，讓父親身體迅速得到恢復。」

楓子話音剛落，突然有人在門口鼓掌。原來大頭一直悄悄地聽着她講課，楓子的臉突然又紅又紫的。

「Miss，是你男朋友嗎？」教室一片嘩然。「同學們，安靜，我們繼續，今天我們的課後練習是，學習分辨六大茶類，鐵觀音和大紅袍屬於青茶，白牡丹及壽眉屬於白茶，龍井和碧螺春屬於綠茶，你們好好背誦，下一堂要考大家，回家好好準備。下課。」楓子說完，頭也不回地離開了。

「臭婊子，你給我站住。」他在後面喝住了她。

「你連學生都欺騙，連自己的過去都不敢承認，在你一聲不響離開我那天，大強已經全部告訴我了！我問你，當時你懷的孩子是不是這個茶室老闆的！」

「是。」楓子輕輕地說。

「所以你是在和我交往時偷偷去做陪酒妹勾搭上這個有錢老闆的！」大頭一臉痛苦地說。楓子一邊哭一邊跑，大頭在後面一直追上前，追到了茶室。

看到兩人眼睛紅紅的，茶室老闆感到非常奇怪，平常這個時間楓子還在上茶藝課，這生意不做算了，想到這，他就開始不客氣了：「大老闆啊，其實你可以回去老家好好想想這個出口茶葉的計劃，我們的楓子有很多其他客人要招待。可不能每天陪着你玩的。」一邊說，一邊右手悄悄地挪到楓子的臀部，輕輕地捏了一下。

大頭心想，她不叫楓子，她叫蘭花。他向蘭花求婚的第二天，大頭無意中在抽屜裏找到了蘭花一年前去醫院墮胎的單據，他無法相信，可單子上清清楚楚地寫着他愛人的名字。他生氣得像一頭受傷的野獸，用力把蘭花壓在身下，狠狠地進入了她的身體。他質問蘭花，「你為什麼要欺騙我？」眼淚滴在蘭花臉上。蘭花沒有回答，趁着夜深人靜，偷偷拿着包袱走了。茶室葉老闆把她帶去了香城，作為一個養女的身份帶到上海太太眼皮下，還打造成一個冰清玉潔的茶藝師。

其實在和大頭做愛前，蘭花先去了一趟美容醫院，在無邊的黑暗裏，藏着各式各樣的女人，在慘白制服下濃妝艷抹的醫護人員，她們都微笑着，試圖讓病人都有曙光的聯想，可彩色的隱形眼鏡下卻折射出傷、病、疼、驚、苦、哀和痛這七種顏色的光。

「所有手術都是有風險的，你要考慮清楚。」濃妝護士說。赤裸的身體，赤裸的眼，從波浪髮尖到腳踵……每個客人都狠狠地盯着自己的乳溝和裙襬，偶爾用粗壯的手肘碰她的胸部……談好價錢的直接交配。蘭花想起以前的自己，一切都歷歷在目。「想清楚了。」楓子堅定地說。

回憶摺疊如迷，命運彷彿是一個偌大的黑洞。剛剛茶室老闆乾癟枯燥的右手在楓子臀部捏了一下，那手上星星點點的老人斑也動了一下，大頭看得清清楚楚，彷彿親眼看到當年他胖胖的手指頭在撩動他愛人的陰道。

正當大頭想轉身離開時，啪的一聲巨響，上海太太一巴掌落到楓子臉上，五個手指頭清清楚楚，「臭狐狸精，好大的狗膽，勾引我老公！你給我滾！」楓子此時的心情竟如初來時那般平靜，外面滴滴答答地下起了雨，世界變成了一個大魚缸。

重建處女膜這個手術非常成功，在手術室出來以後，蘭花不忘用小粉撲不斷地往臉上抖動，然後和鏡子之間迅速又機密地作一次凝視，她感覺自己蛻變了，不單單是下面，還有內心。

因為父親吸毒，她為了賺快錢不得不晚上溜出去做兼職陪酒妹。可上月父親死於這間醫院，她覺得自己的命運將會從這醫院開始改寫，手術後她期待着和大頭約會的晚上，心裏很滿意。

「一月採茶忙忙走，緊緊拉着妹的手。看着情妹忙得很，心中有話難開口。二月採茶茶葉青，情妹對我起二心。本想挨攏説句話，情妹給我一腳筋。三月採茶熱茫茫，約妹賣茶去趕場。一不注意親個嘴，那個滋味當吃糖……」

蘭花哼起採茶小調，她想，她將一塵不染地和大頭相愛，開花，結果。

# 後記：綠色的剔刀

郭艷娟

《菩薩低眉》由九個短篇小說構成，猶如九張硬塞進我腦海裏的記憶卡，我沒有好好保存，我時常不安全地直接而暴烈地拔出，我常常希望那些記憶……都不曾屬於我，一不小心，會不會就溫柔地消失了，我以為。

它們沒有輕易地離開我的肉身，反而靜靜地潛伏、微弱地存在。痛，我覺得痛。我試着用一把十五厘米的剔刀去解剖它，一刀下去，白白的嫩肉張開血盆大口。再往下用力按壓，連骨頭都清晰可見。

我靜靜地看着朱紅色的鮮血慢慢滲出。我深深明白，只要剔刀輕輕偏移一點點，靠近大動脈，將必死無疑。但死亡很驕傲，它拒絕沒有勇氣的人，所以我活生生地存在，我選擇寫了下來。

當我完成〈唐狗〉的時候，我選擇了跟世界跟自己和解，即使內心是一場硝煙，海水也無法將它澆滅。那就繼續硝煙四起吧，我每一次都用生命去認真完成每一場戰爭，我一直都是。

〈唐狗〉是《菩薩低眉》的首篇，完稿於二〇一三年，〈藝妓〉是尾篇，二〇一七年刊登於《香港文學》，整部小說集橫跨整整五年，讓她愛上了自己的眼淚，她也開始習慣了這種疼痛的綠色，那種綠是透明的綠，是死去的蜻蜓身上那對透明而乾枯的翅膀。

我記得小時候，屋外有一片綠油油的田野，上面有很多綠色的蜻蜓在靜伏。我拿了一個罐子，裏面有假山、假水、假樹，我用拇指和食指抓着蜻蜓的長翅，從一個空間到另一個空間，她吸了罐子裏最後一口空氣，然後奄奄一息死了。

我小說裏面的女人常常從一個火坑跳入另一個火坑，我常希望另一個火坑能帶給她們溫暖，但往往又是一種更大的毀滅，就如〈逃之夭夭〉裏的桃夭，她的夢其實並不大，她只想「宜其室家」，可她最後依然不知道前路是歸宿還是流浪，她一直在路上。

在這座香城的每一個人都在向上攀沿，希望攀上這座城市的高度，但城市無法被堅持說服，依然冷漠，一座座大廈依然像陽具般高高豎起。懸浮在天空甚或藏在海裏，感覺都比人的生命更具有存在感。生命易碎，沒有重量。

以後也要像現在這樣忍耐，像這樣忍耐，生命就是一個忍耐的過程，觀音菩薩說，神情依然如水仙般安靜地綻裂。我會繼續寫，直到我忍耐不了，我是這樣告訴我自己的。淨瓶上的柳枝隨風輕輕轉了一轉，又回到了原點。

責任編輯：羅國洪
封面設計：蕭雅慧

書　名：菩薩低眉
作　者：郭艷媚
出　版：匯智出版有限公司
香港九龍尖沙咀赫德道二A
首邦行八樓八〇三室
電話：二三九〇〇六〇五
傳真：二一四二三一六一
網址：http://www.ip.com.hk
發　行：香港聯合書刊物流有限公司
香港新界大埔汀麗路三十六號
中華商務印刷大廈三字樓
電話：二一五〇二一〇〇
傳真：二四〇七三〇六二
印　刷：陽光（彩美）印刷公司
版　次：二〇一八年一月初版
國際書號：978-988-78403-2-9